María bonita

Novela

Ignacio Martínez de Pisón

María bonita

Seix Barral

El papel utilizado para la impresión de este libro es cien por cien libre de cloro y está calificado como **papel ecológico.**

Avinguda Diagonal, 662-664, 7.ª planta. 08034 Barcelona (España)
www.seix-barral.es
www.planetadelibros.com

Ilustración de la cubierta: © Eugenio Forcano
Fotografía del autor: © Malcolm Otero Barral
Primera edición en Colección Booket: noviembre de 2012

Depósito legal: B. 27.171-2012
ISBN: 978-84-322-1033-4
Composición: Víctor Igual, S. L.
Impresión y encuadernación: Book Print Digital, S. A., Barcelona
Printed in Spain - Impreso en España

Biografía

Ignacio Martínez de Pisón nació en Zaragoza en 1960 y reside en Barcelona desde 1982. Es autor de más de quince libros, entre los que destacan las novelas *La ternura del dragón* (1984), Premio Casino de Mieres, *Carreteras secundarias* (1996), llevada dos veces al cine, *María bonita* (2000), *El tiempo de las mujeres* (2003), *Dientes de leche* (Seix Barral, 2008), galardonada con el Premio San Clemente 2009 y el Premio Giuseppe Acerbi 2012, y *El día de mañana* (Seix Barral, 2012), por el que recibió el Premio Nacional de la Crítica 2011, el Premio Ciutat de Barcelona 2012, el Premio de las Letras Aragonesas 2011, el Premio Hislibris de Literatura Histórica 2011 y el Premio Espartaco de Novela Histórica 2012. También ha publicado el ensayo *Enterrar a los muertos* (Seix Barral, 2005), que obtuvo los premios Rodolfo Walsh y Dulce Chacón y fue unánimemente elogiado por la crítica en varios países europeos, y el libro de relatos *Aeropuerto de Funchal* (Seix Barral, 2009). Su obra está traducida a una docena de idiomas.

La desgracia no se acepta.
Sólo la felicidad nos parece merecida.

RAYMOND RADIGUET

1

Mi madre siempre pareció mayor. Aquel año, el sesenta y nueve, mi madre tenía sólo treinta y ocho años, pero nadie le habría echado menos de cincuenta. Tenía el pelo gris y la piel de las manos como agrietada. Tenía también reúma en las rodillas, que se le hinchaban y se le ponían duras como melocotones tempranos. Pero mi madre no lo llamaba reúma. Ella decía que tenía las piernas tontas. Y mi padre decía: Tus piernas serán tontas, pero tú mucho más por no ir al médico. Y mi madre contestaba: ¿Y quién va a limpiar las casas de los ingenieros mientras esté en el médico? ¿Las vas a limpiar tú? Y entonces se enzarzaban en una de sus clásicas discusiones. Mi padre decía que si tenía las piernas como las tenía era por las horas que se pasaba arrodillada, sacando brillo al suelo de las casas de los ingenieros. Y decía que si tenía las manos como las tenía era de tanto lavar las sábanas de los ingenieros. Ingenieros, ingenieros, rezongaba, pero no son capaces de comprarse una lavadora como Dios manda. ¿Para qué? ¡Con lo barata que tú les sales...! ¿Te quieres callar?, le interrumpía ella, ¿qué te crees? ¿Que me gusta limpiar las casas de los demás? Trae algo más de dinero a casa y ya verás lo que hago con las casas de los ingenieros.

Las discusiones siempre acababan igual. Mi padre, que en casa jamás dejaba pasar la ocasión de criticar a los ingenieros, decía: ¡Dinero! ¡Qué más quisiera yo! Pero es todo lo mismo. ¿Quién me paga a mí? Los ingenieros, ¿quién si no? Ellos dicen que son empleados como nosotros pero son los auténticos patronos. Lo demás es sencillo: los ingenieros nos pagan poco para que nuestras mujeres tengan que ir a limpiar sus casas por una miseria. ¿No lo entiendes? ¡Si nos pagaran lo que en justicia nos corresponde no tendrían quien les limpiara las casas! En un momento u otro de la perorata, mi madre se llevaba una mano a la frente como si le doliera la cabeza y exclamaba: ¡Ya salió el socialista! Y entonces todo se desarrollaba del mismo modo, como si no estuvieran discutiendo sino representando una pequeña pieza teatral. Primero mi padre replicaba: ¡Pues sí! ¡Soy socialista! ¿Y qué? Luego mi madre daba un manotazo al aire y, camino de la cocina, le amenazaba: ¡Eso! ¡Dilo bien alto, a ver si se entera quien se tiene que enterar! Y mi padre: ¡Pues que se entere! ¿Me oyes? ¡Que se entere quien se tiene que enterar! Entonces, satisfecho por haber podido decir la última palabra, solía hacer un gesto afirmativo con la cabeza, y yo le preguntaba: ¿Y quién se tiene que enterar? Se tiene que enterar quien se tiene que enterar, contestaba él, enigmático, y luego añadía: Y punto y basta.

Pero si mi madre se resistía a ir al médico no era por espíritu de sacrificio. Yo creo que mi madre lo hacía por protestar. Le gustaba llegar a nuestro pisito en el portal número dieciséis de la única calle que tenía la colonia y murmurar: ¡Todo el día fregando con estas piernas tontas! ¡Ay, Señor! ¡Esto no es vida! Si no hubiera sido por esas casas que tenía que fregar y por esas rodillas suyas, hinchadas por el reúma, no habría tenido ningún motivo para quejarse de la vida que llevaba, y eso sí que la habría hecho infeliz. Pero entonces seguro que habría encontrado otros motivos: que el piso se nos había quedado pequeño, o que los precios del economato se habían disparado, o vete a saber. Y habría dado lo mismo que nuestro piso fuera idéntico a los de las otras familias (salvo, claro está, las de los ingenieros) y que los precios del economato, siempre bajísimos, fueran los mismos para todos: la cuestión era quejarse, protestar.

La colonia se llamaba Cadafalch, aunque todo el mundo la conocía como Colonia del Catalán. Para llegar a ella había que abandonar la nacional en un lugar que se llamaba Mesón de los Caballos. De ahí salía una carreterita que estaba asfaltada hasta la entrada misma de la colonia y luego, convertida ya en simple camino de tierra, continuaba en dirección a los sembrados y la alameda. Un alto muro de ladrillo coronado de cristales rotos rodeaba la colonia, y yo siempre me pregunté para qué habrían puesto esos cristales si allí podía entrar el que quisiera, fuera por alguna de sus dos cancelas de hierro forjado, que siempre estaban abiertas, o por cualquiera de los numerosos boquetes que el tiempo y la desidia habían acabado abriendo en el muro.

La única calle de la colonia partía de una de esas dos entradas, atravesaba la amplia explanada en la que aparcaban los camiones y las furgonetas y conducía directamente al viejo pero aún imponente edificio de la fábrica. Ahí la calle se bifurcaba en dos callecitas menores que rodeaban la fábrica y volvían a juntarse a espaldas de ésta, en una glorieta con árboles y con bancos a la que daban las ventanas de las primeras casas. A partir de la glorieta la calle, ahora adoquinada, volvía a ser recta, y a ambos lados se alineaban las casi cincuenta casas de los trabajadores, todas idénticas, de dos pisos, con un pequeño jardín delante y capacidad para cuatro familias. Después venían la cantina, que era también el economato, la pequeña iglesia y la escuela, cerradas las dos y abandonadas, como muchas de las casas, desde los masivos despidos de mediados de los años cincuenta. Y detrás, sólo detrás de la pequeña iglesia y la escuela, lo más lejos posible de los ruidos y los malos olores de la fábrica, estaban la enorme casa de la familia Cadafalch, que tenía todos los cristales rotos y en la que nadie había vuelto a vivir desde la guerra civil, y las casas, también grandes pero no tanto como la de los Cadafalch, de los ingenieros, las cuatro de dos pisos y con jardín individual.

Mi madre limpiaba dos de esas casas. Una de ellas era la de la familia del ingeniero más joven, que había llegado con tres hijos y cada año tenía uno más. La otra era la del ingeniero Goitia y su mujer, cuyo único hijo estaba ya en la universidad. La mujer de Goitia había acabado cogiendo cariño a mi madre. Fue ella la que la convenció de que fuera al médico a mirarse lo de las rodillas. Y no sólo la convenció sino que le facilitó la dirección de la consulta de un pariente suyo de Madrid que no le cobraría una peseta por el tratamiento.

Recuerdo a mi madre arreglándose para cada uno de esos viajes a Madrid. Aquellas ocasiones eran las únicas en las que mi madre estaba dispuesta a ponerse de tirios largos, como ella decía, y sacar sus mejores prendas del armario. Unas prendas, por lo demás, bastante pobretonas: unos zapatos con algo de tacón y ancha hebilla dorada que guardaba como oro en paño y sólo se había puesto una docena de veces; una falda gris, de cheviot o algo parecido, que le llegaba por debajo de las rodillas y que si no estaba pasada de moda era porque nunca había llegado a estar de moda; un abriguillo de paño, algo gastado en los codos, con los puños y el cuello hechos con los restos del astracán que había sobrado de un viejo arreglo para la mujer de otro ingeniero, el que había precedido al ingeniero joven que tenía un hijo cada año; y, finalmente, un sombrerito de gruesa lana, en forma de tulipa y con dos tirillas de piel que se juntaban en sendos lazos, uno delante, el otro detrás, los dos igual de mustios. Cuando mi madre llevaba esos zapatos, esa falda, ese abriguillo, ese sombrero, era que se había puesto de tirios largos. Y cuando se ponía de tirios largos era que tenía hora en el médico de Madrid. ¡Madrid, qué palabra tan bonita! A los niños de la colonia, que nunca habíamos ido mucho más allá de los pueblos de los alrededores, el simple sonido de esas sílabas nos trasladaba a un mundo superior, el mundo de las grandes ciudades, como

Roma o París, de las que tanto se hablaba en la radio y la televisión y en las que vivía la gente famosa e importante.

Pero, en realidad, Madrid no estaba tan lejos. Había que ir andando hasta el Mesón de los Caballos y allí esperar a que pasara el autobús que llevaba a Alcalá, donde se cogía un tren que en algo menos de una hora te dejaba en un apeadero a la entrada de la ciudad. Conozco muy bien ese trayecto porque yo acompañaba siempre a mi madre en sus visitas al médico. Del turno laboral de mi padre se sabía cuándo comenzaba pero no cuándo acababa, y en cuanto a mi hermano Josemi, que entonces tenía diecisiete años, estaba claro que no abrigaba el menor interés por pasarse la tarde cuidando de mí, de modo que esas tardes mi madre se veía obligada a cargar conmigo por caminos, carreteras, trenes y autobuses.

También yo tenía que ponerme de tirios largos, como ella decía, y para esos viajes a Madrid mi madre me reservaba unos zapatitos blancos como de primera comunión, un vestido a cuadros con volantes en las mangas y una chaqueta de lana de aire lejanamente tirolés, hecha por ella misma con los ovillos sobrantes de unos jerseys de mi padre y mi hermano. A mí esa ropa no me gustaba. No me gustaba al menos para ir a Madrid, donde las niñas vestían de otra manera. Para la colonia, en cambio, estaba bien, porque allí todas las madres tenían el mismo mal gusto que mi propia madre, y mis amigas iban tan mal vestidas como yo. Mi madre sabía que esa ropa no me gustaba y, cuando me abotonaba la chaqueta, en vez de decirme que en cuanto tuviera dinero para comprar lana me haría otra más bonita, lo que me decía era: Pues te aguantas. Lo decía así, de improviso, sin siquiera darme tiempo a protestar, y yo apretaba con fuerza los labios, como diciendo: Pues no me aguanto.

Mi madre, en realidad, creía que yo la acompañaba contra mi voluntad, que habría preferido quedarme en la colonia, viendo la televisión de la cantina desde la ventana o jugando con mis amigas, y en realidad yo pensaba que mejor así. ¿Qué habría hecho mi madre si hubiera sabido que aquellos viajes a Madrid se habían convertido para mí en el acontecimiento más importante del mes, que contaba los días que faltaban hasta la siguiente visita? Estoy segura de que me habría dejado en la colonia, de que se las habría arreglado para colocarme en casa de alguna amiga. Cualquier cosa con tal de aguarme la fiesta. Así era mi madre: para ella, las cosas que te hacían pasar un buen rato no podían ser buenas.

Y lo curioso es que también ella disfrutaba con esos viajes. ¿Por qué, si no, ese empeño en ponerse su mejor ropa? ¿Y por qué luego, ante las otras mujeres de la colonia, no paraba de comentar que el otro día en Madrid había visto no sé qué y el otro día en Madrid había visto no sé cuántos? Claro que mi madre jamás lo habría reconocido, y en cuanto iniciábamos el viaje se iniciaba también su largo rosario de quejas: que si esta caminata, ¡lo que le faltaba a mis piernas!, que si seguro que no tendremos sitio en el autobús, que si ya veremos qué pastillas me recetan hoy, con lo caras que están... Yo guardaba silencio y me mantenía siempre a su lado, y cuando llegábamos a la estación de Alcalá empezaba a notar el aire de Madrid. No, aquello no era todavía Madrid, pero se le parecía mucho, y la compañía de toda aquella gente que iba o venía de Madrid hacía que me sintiera mucho más cerca de la capital que de la colonia.

Cuando por fin bajábamos del tren en el apeadero y nos incorporábamos al trasiego de los andenes, no podía sino repetirme para mis adentros: ¡Estoy en Madrid! ¡Estoy en Madrid! Ahí cogíamos un autobús que nos llevaba por la Castellana y la Gran Vía hasta Princesa, y yo, excitada, me asomaba a la ventanilla y lo devoraba todo con los ojos: los edificios, los coches, los anuncios de las vallas, los transeúntes. Estaba, ya lo he dicho, realmente excitada, pero de algún modo me sentía inclinada a ocultarlo. ¿Qué habría pasado si mi madre se hubiera dado cuenta? ¿Habría hecho algún comentario desagradable con el único objeto de amargarme la tarde?

A esas alturas del viaje mi madre había dejado ya de protestar. Permanecía en su asiento, con su viejo bolso bien sujeto entre ambas manos, y miraba la calle con indiferencia, casi con desdén, como si hubiera hecho ese mismo trayecto todos los días de su vida y estuviera harta de ver siempre el mismo paisaje. Yo creo, sin embargo, que en el fondo se sentía un poco acobardada, o al menos impresionada, y que esa indiferencia y ese desdén eran sólo aparentes, una máscara detrás de la cual ocultaba sus verdaderos sentimientos. Sólo abría la boca para nombrar el lugar por el que estábamos pasando. Primero decía: Nuevos Ministerios. Luego: Cibeles. Más tarde: Telefónica. Lo decía sin admiración ni extrañeza, como si en la colonia tuviéramos también algún ministerio o alguna fuente como aquélla o algún edificio como el de Telefónica. Finalmente decía: Plaza de España, ya casi estamos. Levanta, levanta... ¡Dios mío, estas rodillas! ¡Me van a matar! Y un par de minutos después estábamos en la calle, delante de la casa de la tía Amalia.

2

Porque lo que estaba en la calle Princesa no era la consulta del médico sino la casa de la tía Amalia. Mi madre y ella eran hermanastras, hijas únicas de los dos matrimonios de mi abuelo. El abuelo, que se llamaba Fermín y al que yo no llegué a conocer, había enviudado al poco de nacer mi madre. Vivía entonces en un pueblo de la provincia de Salamanca, el pueblo de mi madre, y pasaba largas temporadas en Madrid, trabajando en la construcción. En uno de esos viajes conoció a Antonia, que sería su segunda mujer y la madre de mi tía Amalia. Era ésta unos diez años más joven que mi madre, y en realidad vivieron juntas muy poco tiempo: tan sólo los últimos tres o cuatro años antes de la boda de mi madre, que hasta entonces había vivido en el pueblo, en casa de unas tías suyas. Eso explicaba hasta cierto punto que mi madre y la tía Amalia no se parecieran en nada, absolutamente en nada. Todo lo que mi madre tenía de arisca y de gruñona lo tenía la tía Amalia de cariñosa y alegre, y todo lo que... Pero no. No las compararé, como entonces hacía. Diré solamente que, si yo hubiera podido elegir una madre, habría optado sin dudarlo por la tía Amalia. Sí, me habría gustado ser hija suya y vivir en Madrid en vez de en la colonia, y pasear por la calle Princesa y no por esa triste calle nuestra que casi no era ni calle, y oler como la tía Amalia, que olía a canela y a pétalos de rosa, y no como mi madre, que olía a ajo y a leche agria. ¿También yo acabaría oliendo así? ¿Estaba destinada a ser de mayor una mujer que olía a ajo y a leche agria como mi madre o, peor aún, a tabaco y a sudor como mi padre?

El portal de la casa de la tía Amalia era grande y vistoso, y en invierno solía haber una alfombra morada que llevaba hasta la puerta misma del ascensor, entre la portería y los buzones. El portero se llamaba Venancio. La primera vez que estuvimos allí no se creyó que mi madre y la señorita Amalia, como él decía, fueran hermanas, y mi madre casi se enfadó. Ahora ya nos conocía y no nos preguntaba a qué piso íbamos, pero todavía nos seguía con la mirada como si pensara: ¿Es posible que esta mujer y la señorita Amalia sean hermanas? O a lo mejor no lo pensaba y eran sólo figuraciones mías, tan sorprendente me parecía que entre mi madre y mi tía existiera algún grado de parentesco.

La tía Amalia nos recibía con el pelo envuelto en una toalla de color violeta. Aun descalza era alta, más alta que la mayoría de las mujeres y desde luego bastante más que mi madre, y de perfil se parecía un poco a Katharine Hepburn. Tenía una cintura muy fina, de adolescente, y en una época en la que todas las mujeres llevaban faldas eran los pantalones su prenda preferida. Los pantalones y unos zapatos negros, sencillos, sin tacón, que más parecían zapatillas de bailarina.

Aquí te dejo a la niña, saludaba mi madre, siempre con ganas de marcharse. Pero pasa, mujer, decía la tía Amalia. Voy con el tiempo justo, negaba mi madre, y luego me apuntaba con un dedo: Tú pórtate bien. Vendré sobre las ocho y media. Entonces mi madre se iba, y la tía Amalia me acariciaba el pelo y sonreía: ¿Qué te apetece que hagamos? El piso no era demasiado grande pero sí bonito, muy bonito. Tenía un pequeño recibidor, un salón con mueble-bar y un dormitorio tan espacioso como todo nuestro cuarto de estar. La cocina era diminuta y estaba siempre muy limpia, como si nunca se hubiera usado, y a mí me encantaba ese olor a mandarinas y a manzanas verdes, tan distinto del olor a repollo y a sardinas fritas de las cocinas de la colonia. En cuanto al cuarto de baño, tenía una bañera inmensa y un espejo con dos filas de bombillas, como los de los camerinos de las actrices. La tía Amalia se sentaba ante el espejo y terminaba de secarse la cabeza, y yo miraba cómo el cepillo se deslizaba por su pelo liso y castaño oscuro.

Fue allí, una de esas tardes, donde me enseñó a pintarme las uñas. Se pintan así: acariciándolas, me dijo, al tiempo que daba una primera pincelada de esmalte. ¡Y se secan así!, añadió, y comenzó a soplar sobre sus uñas y a mover los dedos, muy separados unos de otros, como un músico que tocara un acordeón imaginario. Yo la imité. Nos miramos después en el espejo, y al descubrirnos haciendo aquellos gestos más bien ridículos nos echamos a reír. Otra tarde, en el salón, quiso enseñarme a bailar. Yo seré el chico y tú la chica, me dijo, cogiéndome por la cintura. Déjate llevar. Buscó entre sus discos uno de valses pero encontró otro que la hizo cambiar de idea. ¡Éste!, exclamó con sonrisa triunfal. Sacó el disco y dejó la funda sobre una silla. Lucho Gatica..., leí. La tía Amalia me guiñó un ojo y colocó la aguja al principio de la tercera pista. Al cabo de un segundo empezó a sonar una canción que decía: Acuérdate de Acapulco, de aquellas noches, María bonita, María del alma... *María bonita*, la canción que Agustín Lara compuso para su amada María Félix, dijo la tía Amalia. Pero ahora esta canción no es de María Félix. Ahora es tu canción, añadió. Yo sonreí halagada y ella volvió a cogerme por la cintura y a bailar conmigo tarareando la letra de la canción: La luna que nos miraba ya hacía ratito se hizo un poquito desentendida...

Me gustaba que la tía Amalia me enseñara a pintarme las uñas, a bailar, también a caminar con gracia, para lo que me colocaba sobre la cabeza unos libros que me obligaban a mantener la espalda recta. Me gustaba que me enseñara ese tipo de cosas porque quería decir que para ella yo no era una niña sino una mujercita. También me gustaba que me consultara qué ropa se iba a poner. Sacaba un par de blusas del armario y las sostenía sobre el pecho ante el espejo de cuerpo entero, primero una, luego la otra, diciendo: No sé, no sé, es tan complicado elegir... Era complicado porque a ella todo le sentaba igual de bien, y yo, que sabía que no podía equivocarme, le recomendaba una u otra un poco por capricho y otro poco por jugar. Por jugar a hacerme la mayor, que era lo que siempre hacía en casa de mi tía.

Pero lo que más me gustaba era ir de compras con ella. Yo no sabía de dónde salía su dinero, y en realidad tampoco me lo preguntaba. Para mi mentalidad de entonces todo era muy sencillo: la tía Amalia era rica por la misma razón superior e inescrutable por la que mis padres eran pobres. La tía Amalia era rica y, como decía mi padre, punto y basta: eso lo explicaba todo. Eso explicaba, por ejemplo, que en algunas de aquellas tiendas las dependientas la colmaran de atenciones y la trataran como se trata a las buenas clientas. En las zapaterías, por ejemplo, conocían sus gustos y le decían que no era tan fácil encontrar unos zapatos como los que ella solía llevar, negros, sin tacón, y que al mismo tiempo estuvieran de moda. ¡La moda! ¡Qué tontería!, replicaba ella, y era verdad que la tía Amalia había sabido crear su propio estilo, elegante, distinguido, pero también ajeno a las modas del momento, muy por delante o por encima de ellas.

También la conocían en las joyerías, aunque ahí casi nunca compraba nada. La primera vez que entré con ella en una joyería me sentí un poco abrumada. Todos aquellos collares, aquellos anillos y pulseras expuestos como piezas de museo en las vitrinas y los mostradores de cristal me deslumbraban con sus brillos y a la vez parecían decir: ¿Qué hace esta niña aquí? ¿Quién la ha dejado entrar? Me sentía incómoda entre todo aquel lujo y aquella riqueza y tenía la sensación de que los dependientes me vigilaban con discreción, como temiendo que fuera a aprovechar algún despiste para robar. Me mantenía por eso siempre a la vista, un poco alejada de todo, y cuando la tía Amalia me llamaba para enseñarme una joya que, como ella decía, era una auténtica monada, yo asentía en silencio y en el fondo prefería que no me llamara. Ella sí que tocaba las joyas. Como si formaran parte de su propio joyero, cogía una sortija o una cadenita o un par de zarcillos y se los probaba con toda naturalidad, y lo que más me sorprendía era que los dependientes, tan trajeados ellos, tan sonrientes pero en el fondo tan severos, no sólo se lo consintieran sino que la animaran a hacerlo con sus palabras y sus gestos.

Una de esas tardes se probó ante un espejo un hilo de perlas y cuatro o cinco collares. Me llamó. ¿Has visto?, preguntó. Una auténtica monada: una cadenita de plata con un pequeño colgante de jaspe. Me hizo señas para que me la probara. Yo la obedecí, intimidada, y ella volvió a pronunciar su expresión favorita: Una monada, una auténtica monada. No era, ni mucho menos, el artículo más caro de aquella joyería, pero también es cierto que allí no había nada que fuera barato. Miré al dependiente, que nos dejó un momento para atender a un nuevo cliente. ¿Te gusta?, me preguntó la tía Amalia. Me encanta. Pues para ti. ¿Para mí?, ¿de verdad? No me lo podía creer. Me abalancé sobre ella y le di un fuerte abrazo. Bueno, bueno, dijo ella, quitándose importancia. Luego la acompañé a pagar y el dependiente me preguntó si la quería en el estuche. No, no, dije, me la llevo puesta. Estaba realmente emocionada. Fue aquélla la única vez que vi a la tía Amalia comprar algo en una joyería, y lo compró para mí.

Esa misma tarde volvíamos en taxi por la Gran Vía cuando vi un montón de niños entrando en un cine. En la marquesina se anunciaba el III Festival de Cine Infantil y yo no tuve ningún problema para reconocer el cartel de la película. ¡*Un rayo de luz*! ¡De Marisol, mi favorita!, exclamé. Pero ya la habrás visto..., dijo la tía Amalia. No, contesté, y era verdad: tenía todos los álbumes de cromos de Marisol, también todos los recortables, incluso había logrado que mis padres me regalaran un disco suyo, que a veces escuchaba con mis amigas en el tocadiscos de la cantina, pero nunca había visto ninguna de sus películas. De hecho, nunca había estado en otro cine que en el que improvisaban todos los veranos en un pueblo próximo a la colonia, un simple patio descubierto al que cada cual debía llevar su propia silla. Pare, ordenó la tía Amalia, dando dos golpecitos en el asiento del taxista.

Cuando entramos en la sala, la proyección acababa de empezar. Un acomodador con uniforme y gorra de plato nos condujo hasta nuestras butacas enfocando con su linterna el suelo enmoquetado del pasillo. Yo no podía apartar la mirada de la pantalla. Me acuerdo del comienzo de aquella película como si la estuviera viendo ahora mismo: la clase de canto, la ñoñería de *Santa Lucía*, la cómica versión aflamencada que de esa canción hacía Marisol, la desolación y el disgusto con que la acogía la profesora... Me acuerdo incluso de algunos diálogos, que también entonces sabía de memoria porque aparecían reproducidos en uno de los álbumes de cromos. Me crispa esa rebelde. Cuando menos lo esperas, en medio de una canción nuestra, te obsequia con esos endiablados gorgoritos, decía el abuelo de Marisol en el jardín del suntuoso palacio familiar, y el tío replicaba: Hace honor a las dos sangres que lleva: la de aquel hijo tuyo y la otra. Porque, en la película, Marisol era la hija de una cantante española y un aristócrata italiano que moría en un accidente de aviación. Y lo curioso es que yo me veía a mí misma como a la Marisol de esa película, como si también yo llevara dos sangres a las que hacer honor, la sangre pobre de mi padre y de mi madre y la otra sangre, la de la tía Amalia, que venía a ser como la familia italiana de Marisol, con todos esos palacios y esos jardines y esos títulos nobiliarios. Aquella misma tarde, cuando salíamos del cine, le dije: Mi madre y tú sois hermanastras. Hijas del mismo padre y de distinta madre... La tía Amalia asintió con la cabeza, esperando mi pregunta. ¿Qué pasa?, dije, ¿que tu madre era rica y la de mamá no? ¿Mi madre?, se echó a reír, ¡más pobre que una rata!

Llegamos al portal de su casa y mi madre nos estaba esperando con cara de pocos amigos. Lo primero que vio fue mi cadenita de plata. Fue un vistazo rápido, apenas medio segundo, lo justo sin embargo para que descubriera la cadenita y el pequeño colgante. Y no hizo ningún comentario al respecto. Sólo dijo: Vámonos ya o no llegaremos al último autobús. No pude ni despedirme de la tía Amalia. Le dije adiós con la mano y me apresuré a seguir a mi madre hacia la parada. Cruzamos medio Madrid en autobús, fuimos en tren a Alcalá y allí cogimos el otro autobús, el que debía dejarnos en el Mesón de los Caballos, y mi madre no pronunció una sola palabra durante todo el trayecto. Yo sabía que lo de la cadenita no podía gustarle, y me reprochaba mi propia coquetería: si en vez de llevármela puesta hubiera dejado que me la dieran dentro del estuche, habría podido esconderla en un bolsillo y mi madre nunca se habría dado cuenta de nada. Así eran las cosas en mi casa. Si había algo que me gustaba, tenía que ocultárselo a mi hermano y a mis padres. Todavía me acordaba de una ocasión anterior en que me habían oído utilizar la frase favorita de la tía Amalia (una monada, una auténtica monada) y los tres se habían vuelto hacia mí con expresión de asco y como diciendo: ¿De dónde habrá sacado esta niña ese lenguaje? O sea que debía ocultar todo lo que tuviera que ver con la tía Amalia, y yo me decía que eso no tenía mucho sentido: que tal vez la adinerada familia italiana de Marisol podía avergonzarse de su modesta familia española, pero que desde luego jamás podía ocurrir lo contrario.

En el Mesón de los Caballos nos esperaba mi padre. Había cogido una de las linternas de los guardas de la fábrica porque la pequeña carretera que llevaba a la colonia estaba completamente a oscuras. Vamos, dijo, y mi madre le agarró del brazo derecho y yo del izquierdo. Era una noche cerrada. Mi padre enfocaba el haz de luz un poco por delante de nosotros para ver dónde poníamos los pies, y de vez en cuando lo alzaba hacia el horizonte como tratando de calcular la distancia que nos separaba de casa. Mi madre preguntó: ¿Han dicho algo de Educación y Descanso? No, aún no, contestó mi padre, y ésas fueron las únicas palabras que intercambiaron hasta que llegamos a la colonia. Se referían a las cuatro plazas que, para las vacaciones de verano, había solicitado mi padre en un albergue del ministerio. Era el cuarto año que las solicitaba y siempre se las habían denegado por exceso de demanda y estricta aplicación de baremos. Ésa al menos solía ser la explicación oficial, pero mi padre decía que se las denegaban por no ser del régimen. Entramos en casa y yo me fui directa a mi cuarto. Abrí la hucha verde en la que guardaba mis pequeños tesoros (la medalla de la primera comunión, unas cuantas fotografías, un reloj estropeado, un crucifijo bañado en plata) y guardé allí la cadenita y el colgante. Y fue entonces cuando oí que mi madre, como si no hubieran pasado varios minutos desde el breve diálogo anterior, decía: Pues ya va siendo hora de que digan algo.

Una de las tardes que estaba en Madrid, la tía Amalia me preguntó si me gustaba el mar. Estuvimos una vez, dije. En Cartagena. Tengo fotos. Pero era muy pequeña. Casi no me acuerdo. Luego sonó el timbre. Era mi madre. La tía Amalia me dijo que no me moviera del dormitorio y salió a abrir. Pasaron unos segundos sin que nadie acudiera a buscarme. Me asomé al salón. Mi madre y la tía Amalia estaban en el pequeño recibidor, la puerta todavía abierta, y hablaban en voz baja. Oí la voz de mi tía diciendo: A la niña le vendrá bien. Viajará, conocerá sitios nuevos... Pero es que ya habíamos hecho planes, negaba mi madre con la cabeza. Yo no sabía de qué estaban hablando. Lo único que sabía era que tenía que ver conmigo.

Más tarde, ya en el tren, nos sentamos una enfrente de la otra. Me pasé un buen rato escrutando su rostro. Buscaba en él algún indicio que me permitiera adivinar lo que en ese momento pasaba por su cabeza, pero su expresión cansada y como ausente no se diferenciaba en nada de la de los otros días a esa misma hora. Yo, como de costumbre, ocultaba mis sentimientos y, si en algún instante nuestras miradas llegaron a cruzarse, tampoco mi madre fue capaz de percibir en mí el menor indicio de curiosidad. Y luego, cuando, por entablar algún tipo de diálogo, le pregunté qué le había dicho el médico, ella se encogió de hombros y dijo: Lo de siempre. Estaba claro que no pensaba revelarme nada de lo que había tratado con la tía Amalia.

Pero tampoco podían pasar muchos días antes de que acabara enterándome. Yo estaba sentada en el suelo del salón, jugando con los recortables de Marisol: tan pronto le ponía un vestidito de cartulina como se lo quitaba y le ponía otro. Se oyeron los pasos de mi padre subiendo por la escalera. Mi hermano Josemi había empezado a trabajar hacía poco y normalmente volvían juntos de la fábrica. En esta ocasión, sin embargo, mi padre venía solo. Mi madre, desde la cocina, se asomó a mirar. Mi padre sostenía en la mano un sobre de aspecto oficial, y su expresión era lo bastante elocuente como para que mi madre adivinara. Denegadas, dijo nada más. Mi padre asintió con la cabeza y tiró la carta sobre la mesa. ¡Tú y tus socialismos! ¿Ves para lo que te ha servido?, le increpó mi madre, y él murmuró: Me cago en Franco y en la puta que lo parió... Yo me acerqué a la mesa y traté de leer aquel papel, pero mi madre me lo arrancó de la mano. ¡A tu cuarto!, me gritó, ¡métete en tu cuarto y cierra la puerta! Estaba irritada, muy irritada, bastante más que los años anteriores por la misma causa, y eso no hacía sino excitar aún más mi curiosidad. Dejé pasar unos instantes y entreabrí la puerta con sigilo. Mis padres se habían encerrado a discutir en la cocina, y yo sólo alcancé a oír unas pocas frases aisladas. Es que Amalia, ya lo sabes, no me acaba de..., protestaba mi madre, y mi padre la interrumpía: Pues es tu familia, no la mía, y yo lo único que... ¿Y eso qué tiene que ver?, le interrumpía a su vez mi madre, y luego mi padre continuaba, a voz en grito: ¡Yo lo único que digo es que la niña tiene derecho a unas vacaciones! No escuché nada más. Cerré la puerta y me tumbé en mi cama. Era todo lo que quería saber.

3

Llegó el día del viaje. Estaba tan nerviosa que salí a esperar a la tía Amalia mucho antes de la hora convenida. Mi amiga Pepi me hizo compañía durante todo ese tiempo: mi amiga Pepi, que siempre hablaba del televisor Vanguard que su padre le iba a comprar con la paga del dieciocho de julio, pero luego llegaba el dieciocho de julio y Pepi seguía viniendo conmigo a ver la televisión de la cantina desde la ventana. Cuando vio el taxi de la tía Amalia recorrer despacio la única calle de la colonia y detenerse ante nuestro portal, el dieciséis, no pudo evitar preguntar con auténtica admiración: ¿A Portugal?, ¿se puede ir hasta Portugal en taxi? A la colonia nunca llegaba nadie en taxi, y muchas de las vecinas se asomaron a ver qué ocurría. La tía Amalia, esbelta, elegantísima, con gafas de sol y blancos pantalones de lino, salió del vehículo, me dio dos besos y me preguntó si tenía el equipaje preparado. Lo tenía, claro que lo tenía: lo había hecho la tarde anterior. Era un soleado día de junio. Mi madre saludó desde el balcón lleno de tiestos con geranios, los geranios más bonitos y mejor cuidados de toda la colonia, lo único en el mundo que parecía ponerla de buen humor, y dijo: Ahora bajo.

También mi padre vino a despedirme. Apareció con el mono azul de mecánico y las manos manchadas de grasa cuando ya habíamos metido en el maletero mi pequeña maleta de cartón. Pepi se me acercó y me susurró al oído: Como no os vayáis ya, os va a salir carísimo. María Jesús, a su lado, dijo: A ella no. A su tía. Y como su tía es rica... Mis amigas creían que el taxímetro estaba en marcha, que un viaje en taxi no era muy diferente de cualquier carrera normal. Creían que la gente en Madrid levantaba una mano, paraba un taxi y decía lléveme a Portugal o lléveme a Francia. Empezaron las despedidas. Mi madre hizo a mi padre un gesto de venga, ¿a qué esperas?, haz lo que te he dicho, y mi padre se sacó del bolsillo unos cuantos billetes gastados y sucios, aunque a lo mejor los billetes estaban limpios y lo que estaba sucio eran sólo sus manos. De verdad, Amalia, insisto en lo de los gastos..., dijo, pero la tía Amalia negó fingiendo impaciencia: Pero ¿cuántas veces os voy a decir...? A la niña tendría yo que ponerle un sueldo. Va a ser mi damita de compañía. María, ¿estás ya? Yo dije que sí y vi cómo mi madre volvía a hacer a mi padre un gesto de apremio y cómo mi padre, fingiendo resignación pero en el fondo aliviado, todavía con los billetes en la mano, se encogía de hombros: que no se dijera que no lo había intentado.

Me despedí de ellos con un beso rápido y corrí a meterme en el taxi. Con las dos manos fuera de la ventanilla seguí diciéndoles adiós hasta que los perdí de vista cuando el taxi tuvo que rodear la glorieta. El viaje había comenzado pero yo aún no sabía exactamente adónde íbamos. ¿Portugal está muy lejos?, pregunté. Unos sitios sí, otros no tanto, contestó la tía Amalia, que hizo una larga pausa y añadió: Estoril no es de los que están más lejos. ¿Estoril? ¿Ibamos a Estoril? No me lo podía creer. ¡Pero si es ahí donde Marisol y Carlos Goyanes...!, exclamé, maravillada. La tía Amalia asintió con una sonrisa: Ya sé, la luna de miel. Lo he leído en las revistas. Nos vamos a alojar en el mismo hotel. Ahora sí que no sabía qué decir. Abrí mucho la boca y los ojos y me dejé caer sobre el asiento, fingiendo un desmayo. No se me ocurría otra manera de manifestar mi entusiasmo.

Podía ser que Estoril no estuviera demasiado lejos, pero de todos modos el viaje era largo y fatigoso. Me quedé dormida al cabo de un rato y no me desperté hasta que el motor del coche se hubo parado.

Estábamos en la aduana, en el lado portugués. Dos policías habían ordenado al taxista que abriera el maletero, y la tía Amalia me preguntó si quería salir a estirar las piernas. Salimos las dos. Dimos una pequeña vuelta sin alejarnos demasiado y luego nos paramos junto al taxista y los policías. Éstos estaban registrando el contenido de nuestras maletas. Una de las maletas de mi tía había quedado abierta, dejando al descubierto varios vestidos. Cogí uno de ellos. Era un vestido de mi talla. Un precioso vestido de verano, de una tela ligerísima, a cuadros rojos y blancos y con un cuello redondo que se cerraba con un pequeño lazo. También los otros vestidos que asomaban de la maleta parecían de mi talla. Miré a la tía Amalia. Quería darte la sorpresa en el hotel, dijo ella como excusándose. ¿Qué tenía la tía Amalia que hacía que a su lado las ilusiones inalcanzables, los sueños, las fantasías entraran de golpe a formar parte del mundo real? Busqué un cuarto de baño y me puse el vestido. Me miré en el espejo y me sentí como transformada, convertida en una niña diferente de la que había sido hasta entonces.

Llegamos a Estoril cuando ya era de noche. Los botones del hotel iban vestidos como los de las películas, con esos guantes finos y esos gorritos más bien ridículos, con esos uniformes oscuros, abrochados hasta el cuello. Sacaron nuestras maletas del taxi y nos guiaron a través del amplio y suntuoso vestíbulo hasta el mostrador de recepción. Yo, la verdad, me avergonzaba bastante de mi maleta de cartón, tan fea, tan triste siempre pero mucho más entonces, en aquel hotel de lujo y junto a las elegantes maletas de la tía Amalia. El recepcionista era un señor de pelo muy blanco que hablaba un español correcto y sin ningún acento. Rellenó la ficha y nos dio la bienvenida. Tiene usted una hija muy guapa, dijo también, dirigiéndose a la tía Amalia, y ella y yo nos miramos con una sonrisa. En aquel momento eso era lo más bonito que alguien podía decir de mí.

Lo primero que hice en cuanto el botones nos dejó a solas en la habitación fue ocultar mi maleta debajo de la cama. La tía Amalia me había comprado un vestuario completo, que incluía tres vestidos, un pantalón, dos polos, un traje de baño, un par de mocasines y otro de sandalias, un pijama... Nada de lo que entre mi madre y yo habíamos metido en la maleta de cartón me iba a resultar necesario en Estoril, y yo pensé que, si la tía Amalia no había comentado nada a mi madre, había sido sin duda por no herirla en su amor propio. Y pensé también que mi tía sabía muy bien lo que hacía: en un hotel como aquél, nadie, ni el más miserable de los pinches de cocina, vestía una ropa tan remendada como la mía o calzaba unos zapatos tan gastados. ¿Qué sentido tenía acostarse entre las finísimas sábanas de aquellas camas vistiendo el más tosco de los camisones?

Nuestra habitación tenía un saloncito y una hermosa terraza que daba a la playa, y a través de sus puertas nos llegaba el rumor de las olas y, más tenue, la música de la orquesta que tocaba en la sala de fiestas. Mientras la tía Amalia llamaba al servicio de habitaciones para que nos subieran algo de cena, yo iba de un lado para otro observándolo todo, tocándolo todo, admirándolo. En la colonia teníamos un solo televisor, el de la cantina, y allí cada habitación tenía el suyo. Y qué bañera tan grande y qué lámparas tan bonitas, y ese frutero tan vistoso, con esas manzanas tan brillantes, y esa neverita repleta de refrescos y de minúsculas botellas de licor... ¿Todos los hoteles eran así? La tía Amalia colgó el teléfono y dijo: Ahora a cenar y luego a dormir. Y mañana a disfrutar de la playa.

La playa de Estoril no era tan distinta de las playas cercanas a Cartagena que yo recordaba. Lo que sí era diferente era el mar, más frío y más bravo, con olas mucho más altas, y yo, que no sabía nadar, no me atrevía a alejarme demasiado de la orilla. La tía Amalia se tumbó en una hamaca a leer una revista y yo me pasé la mayor parte del tiempo a su lado, haciendo dibujos con el dedo sobre la arena húmeda. Anda a bañarte un poco, me animaba mi tía. Yo le decía que no me apetecía, que quizás más tarde, porque me avergonzaba admitir que no sabía nadar. Pero ¿cómo iba a saber si en la colonia no había piscina y en el río, en verano, cubría lo justo para remojarnos los tobillos?

En las hamacas de al lado había una familia española. Se apellidaban Torres. El marido era calvo y moreno, con una espesa capa de pelo negro que le cubría el pecho, los brazos y los hombros como una camiseta. La mujer, muy pintada y repeinada, no se quitaba los collares y las pulseras ni para bajar a la playa. Tenían dos hijas más o menos de mi edad, una un poco mayor y la otra algo menor, que enseguida se acercaron a mirar mis dibujos sobre la arena. Me dijeron sus nombres, Ana y Marta, y yo les dije el mío. Luego se metieron corriendo en el mar y yo las seguí hasta la orilla. Las veía salpicándose y dando brazadas y las envidiaba. ¡Ven, María!, ¡está buenísima!, me gritaron. Yo miré un instante a la tía Amalia, que desde su hamaca no podía oírme, y luego las miré a ellas y mentí: ¡No puedo!, ¡esta noche me ha dolido un oído!

Por la tarde fuimos a conocer el pueblo. Paseamos por una zona llena de ricas mansiones. Mira, Villa Giralda. Aquí vive Don Juan, dijo la tía Amalia, señalando una casa rodeada de árboles que sobresalían por encima de los altos muros. ¿Don Juan?, pregunté. El que ahora sería rey de España si no fuera por Franco, contestó ella. Pues ése sí que tiene motivos para cagarse en Franco, más que mi padre, comenté, y la tía Amalia se echó a reír. Luego fuimos a la Boca do Inferno, unos acantilados en forma de grandes fauces contra cuyas rocas las enormes olas se estrellaban fragorosas y se deshacían, levantando decenas de metros de espuma y agua. La Boca del Infierno, ¡vaya nombre!, dije, impresionada, y mi tía, alzando la voz por encima del rumor del viento, exclamó: ¡La de gente que se habrá ahogado aquí!

Estábamos en el mirador, observando a unos chicos que se habían descolgado con sus cañas de pescar hasta las rocas más bajas, aspirando el aire del mar, que allí olía diferente, más salado y más fresco que en la playa del hotel. A nuestra izquierda había varias parejas de recién casados haciéndose fotografías sobre el fondo del horizonte y, más allá, unos cuantos grupitos de veraneantes. Alguien gritó mi nombre: ¡María! Eran Ana y Marta, las niñas Torres. Estaban con sus padres y me hacían señales con las manos. ¡Hala! Ve con tus amiguitas, me dijo la tía Amalia, pasándome una mano por el pelo revuelto. Luego los Torres se empeñaron en llevarnos en su coche de vuelta al hotel, y mi tía dijo que muchas gracias, pero que prefería dar un paseo. Entonces el señor Torres dijo: Espero que al menos acepten cenar con nosotros. ¿O tiene previsto otro paseo para la hora de la cena? Mi tía se echó a reír y dijo que no y que sí: que no tenía previsto otro paseo, que sí cenaríamos con ellos.

La cena fue en el restaurante del hotel. A mí me tocó sentarme entre Marta, la menor, y su padre, que se entretenía desmigajando trozos de pan y haciendo brillantes bolitas de miga que luego se metía en la boca y tragaba sin masticar, como si fueran píldoras. Yo le veía las manos y me daban bastante asco, gruesas y oscuras, con pelos negros hasta en los nudillos, unos pelos largos y torcidos como las patas de una araña. El señor Torres hablaba y hablaba sin parar y se daba aires de gran señor. Cuando el maître le dio a probar el vino, él cogió la copa con mucha ceremonia, la observó al trasluz y la olfateó, y sólo entonces se decidió a beber un sorbo y a decir que estaba bien, bastante bien, pero que sólo faltaría que no estuviera bien, siendo el vino más caro de la carta. El señor Torres era de esas personas que, por sistema, piden siempre el plato más caro de la carta.

No había terminado el maître de servirle el vino cuando la gente que ocupaba las otras mesas se puso en pie y empezó a aplaudir. Un caballero alto y bien trajeado, de nariz grande y aspecto inglés, acababa de entrar en el restaurante. Es Don Juan, dijo alguien. Le seguían nueve o diez caballeros, tan bien trajeados como él pero bastante más bajos, y se pararon detrás de Don Juan cuando éste se detuvo en mitad del restaurante e hizo con las manos un gesto de agradecimiento. También nosotros, los de mi mesa, nos habíamos puesto en pie y aplaudíamos. Don Juan, camino de una mesa situada al fondo del local, repitió varias veces el mismo gesto simpático, y el sonido de los aplausos fue poco a poco disminuyendo hasta extinguirse del todo. Torres y su mujer fueron los últimos en volverse a sentar, cosa que sólo hicieron cuando todos los miembros del regio séquito hubieron ocupado sus sillas. ¡Es él! ¡Don Juan en persona!, exclamaban, excitados.

El señor Torres había pedido langosta para todos. El camarero nos fue sirviendo los platos y yo me encontré de golpe ante una enorme langosta, las antenas dobladas sobre las hojas de lechuga, las pinzas señalándome, los negros ojos muertos mirándome. Yo nunca había visto de cerca una langosta, y su aspecto casi monstruoso me infundía cierto respeto. Venga, María, que no te va a morder, dijo el señor Torres con un guiño burlón. Yo me ruboricé: lo habían notado, se habían dado cuenta de que aquélla era la primera langosta que veía en mi vida, y ahora todos los de la mesa estarían pendientes de mí, de cómo me las arreglaba con ella. Agarré nerviosa las tenacillas y, al ir a levantar la langosta con la otra mano, lo hice con tal torpeza que se me resbaló entre los dedos y cayó aparatosamente sobre el borde del plato, la tripa y las patas hacia arriba. El señor y la señora Torres intercambiaron una rápida mirada de suficiencia. Yo, sintiéndome impotente, sofoqué un gemido: tenía que enfrentarme nuevamente a esa langosta, y tenía que hacerlo ante la atenta mirada de aquellos dos señores, que parecían dispuestos a acoger con carcajadas una nueva torpeza mía.

Fue entonces cuando la tía Amalia, que lo había visto todo, se levantó y dijo: Disculpadme. El matrimonio Torres, las niñas Torres y yo la seguimos con la mirada en su camino hacia la mesa de Don Juan. Avanzaba con decisión, como si se hubiera levantado a atender a una inoportuna llamada telefónica y ahora pudiera por fin reanudar la cena. Cuando sólo cuatro o cinco metros la separaban del grupo, un hombre corpulento, sin duda un escolta, le salió al paso. Desde donde nosotros estábamos no oíamos lo que aquel hombre y la tía Amalia decían. Lo que sí vimos con claridad fue cómo Don Juan miraba a mi tía y hacía una seña al escolta para que la dejara acercarse. Y vimos también cómo ella, sonriente, le decía algo al oído y cómo Don Juan se levantaba, le cogía la mano y se la besaba. Los otros comensales se levantaron también y la tía Amalia, con gestos mundanos, les rogó que volvieran a sentarse. La tía Amalia era en aquel momento el único centro de atención del restaurante. Todos los clientes la observaban de un modo más o menos discreto y solapado, y los que más impresionados estaban eran por supuesto los Torres. El señor Torres se inclinó un instante hacia mí y me preguntó en un susurro: ¿Se conocen? Yo hice un gesto ambiguo que lo mismo quería decir que sí o que no.

Miré otra vez hacia la mesa de Don Juan y la tía Amalia estaba ya despidiéndose. Volvió a su silla y a su langosta como si tal cosa. Vaya, vaya..., dijo nada más. Los Torres, deslumbrados, no podían ocultar su curiosidad. Cuenta, mujer, cuenta, decía ella. ¿De qué habéis hablado?, ¿desde cuándo le conoces?, preguntaba él. Mi tía tardaba en tragar el trozo de langosta que tenía en la boca, y yo creo que lo hacía porque le divertía aquella ansiedad y le apetecía aumentarla. ¡Cuando lo contemos en Valencia...!, ¡en casa somos monárquicos de toda la vida!, exclamaba la señora Torres, hinchando el cuello como una gallina, y su marido insistía: ¡Pero cuenta algo! ¡Nos tienes en ascuas! ¿De qué le conoces? Yo miraba a la tía Amalia y estaba orgullosa de ser la sobrina de una mujer con tantos recursos, una mujer que no sólo me había sacado del aprieto sino que había sabido darle la vuelta a la situación. ¿Es que tu familia es muy antigua?, le seguían preguntando los Torres, y ella terminó de tragar el bocado y, con la sonrisa en los ojos, contestó: ¿Mi familia? ¡Tan antigua como la que más! Al cabo de un rato Don Juan y sus acompañantes acabaron de cenar y los clientes del restaurante volvieron a levantarse en señal de respeto. Al pasar junto a nuestra mesa, Don Juan envió a mi tía una sonrisa de despedida. Para entonces, los Torres estaban ya convencidos de haber hecho amistad con una Grande de España.

Luego, en la habitación, mi tía no hizo otra cosa que burlarse de ellos. ¿Has visto la cara que se les ha quedado a esos catetos? Se lo merecían. Por haberse burlado de ti. ¡Ellos, que no habían probado la langosta hasta hace cuatro días!, decía mientras se quitaba los pendientes delante del espejo. Yo la observaba desde la cama: Pero ¿le conocías o no? ¿A quién? ¿A Don Juan? Claro que no. ¿Qué le has dicho? Bah, cualquier cosa... ¿Y cómo estabas tan segura de que no te iba a rechazar? Es un Borbón, dijo ella, nunca un Borbón ha rechazado a una mujer guapa.

4

La primera vez que oí hablar de Alfonso fue a la mañana siguiente en recepción. Los Torres nos esperaban para ir juntos a la playa, pero la tía Amalia dijo que estaba esperando a una persona. El señor Aranaz, Alfonso de Aranaz, ¿ha preguntado por mí?, añadió, volviéndose hacia el recepcionista de pelo muy blanco. Éste negó en su correcto español y la tía Amalia me dijo que fuera yo a la playa, que ella se quedaría a esperar.

Volví con los Torres a la hora de comer y los vi tomando el aperitivo en una de las mesas de la terraza. Alfonso era delgado, apuesto, algo mayor que la tía Amalia. Llevaba un traje de corte clásico y se parecía un poco al padre de Marisol en *Un rayo de luz.* Recuerdo que me agarró con suavidad la barbilla para verme de perfil y dijo: ¡Qué niña tan guapa! Igualita que Amalia. Seguro que a los diez años era como tú. Eso me gustó. Me gustó creer que la tía Amalia y yo nos parecíamos y que yo, de mayor, sería como ella, y también a mi tía debió de gustarle, porque poco después me susurró al oído: Es un hombre encantador.

Alfonso y el señor Torres hicieron amistad enseguida. Hablaban mucho de negocios y de cosas que yo no entendía. ¿El momento actual? Inmejorable. El gobierno tiene asuntos más importantes en que pensar. Pero ¿cuánto durará esta situación? Franco está muy mayor, y las cosas cambian con rapidez, decía Alfonso echándose un azucarillo en el café. Estábamos en el vestíbulo del hotel. Ana y Marta se habían retirado a descansar. Yo me había quedado con los mayores y me estaba tomando un gigantesco helado de tres sabores, con chocolate fundido y una guinda encima. La tía Amalia y la señora Torres paseaban por el jardín, y yo de vez en cuando les mandaba un saludo a través de la cristalera. ¿Qué clase de clientes tienes?, preguntaba el señor Torres. Ricachones americanos, contestaba Alfonso. No sabes cómo son. Se vuelven locos por cualquier birria, con tal de que sea antigua. Compra aquí y vende allá: en eso consiste el negocio. La cuestión es sacar las obras de España. Una vez pasada la frontera, lo demás es pan comido.

Yo seguía sin entender muy bien de qué hablaban pero notaba al señor Torres cada vez más interesado. Y a Estoril, ¿has venido por trabajo?, preguntó. Alfonso asintió con la cabeza y echó un rápido vistazo en dirección a mi tía, dando a entender que el asunto que se traía entre manos tenía que ver con ella. Luego adoptó un tono más confidencial para hacer un comentario que me dejó perpleja. En España, dijo, hay muchas familias que viven de vender las espadas del abuelo. Algunas no saben ni lo que tienen. ¿Se refería a mi tía, es decir, a mi familia? Por la manera en que lo había dicho, no me cabía la menor duda. Pero mi familia siempre había sido pobre: lo único que mi madre había heredado del abuelo era un viejo reloj de cuco que nunca había llegado a funcionar bien. Aquel hombre, Alfonso, estaba engañado. Claro que también podía ser que la tía Amalia me hubiera engañado a mí al decirme que su madre era pobre, más pobre que una rata, y por un momento quise creer que era así y que una parte de mi familia, de una forma oscura e inconfesable, había emparentado con un linaje ilustre y poderoso. Como Marisol. Como Marisol en *Un rayo de luz.* Eso explicaría en todo caso la acomodada posición de mi tía, el viaje a Estoril y muchas cosas más.

Alfonso entonces hizo una seña al señor Torres, como diciendo: Espera. Se levantó del sofá y salió al jardín, y a través de la cristalera vi cómo se acercaba a la tía Amalia y le decía algo al oído. Mi tía al principio negó con la cabeza. Luego Alfonso volvió a hablarle al oído y ella acabó haciendo con las manos un gesto de aceptación. El señor Torres, a mi lado, chupaba su puro medio apagado y observaba en silencio la escena. Después Alfonso, la tía Amalia y su mujer entraron, y él acudió a reunirse con ellos. Yo seguía tomándome mi helado de tres sabores y fingía no enterarme de nada.

Esperé hasta verles desaparecer dentro del ascensor y luego me acerqué a mirar en qué piso se detenía. En el tercero, el mío. Subí corriendo por la escalera y me detuve a escuchar junto a la puerta de la habitación. Sí, ahí estaban. Me alejé unos cuantos metros. Al cabo de un rato se abrió la puerta y salieron los dos hombres. Alfonso dijo: ¿Qué te ha parecido? Digno de estar en el Museo del Prado, ¿verdad? Y el señor Torres contestó: Sí, pero ¿cuánto? Alfonso aproximó su cabeza a la del otro y dijo algo que no pude oír. El señor Torres se encogió de hombros con indiferencia y Alfonso añadió: Estoy hablando de dólares. Y entonces sí que el señor Torres no pudo reprimir un gesto de admiración.

Fue ésa la primera vez en mi vida que desconfié de un adulto. Me pareció evidente que las intenciones de Alfonso no eran buenas y que mi tía a su lado corría algún riesgo, no sabría decir de qué tipo. La tía Amalia había dicho de él que era un hombre encantador, pero yo ahora lo veía más bien como un encantador, que no es exactamente lo mismo. Un encantador de serpientes: uno de esos hombres que lo primero que hacen es ganarse tu afecto y que luego te utilizan o te traicionan o simplemente te ignoran. Si a mí me había dicho lo que me había dicho había sido sólo por eso, por obtener mi confianza. Era su manera de comportarse. A mí me había dicho que mi tía y yo éramos igualitas y a los demás seguro que les decía aquello que él creyera que deseaban oír. Desde luego, a mi tía parecía tenerla conquistada, y a mí me preocupaba averiguar qué era lo que ese hombre, Alfonso, quería de ella.

Aquella tarde fuimos todos al puerto. Fuimos en el coche de Alfonso, un Alfa Romeo descapotable. Los dos hombres iban delante y las dos mujeres detrás. Las niñas íbamos sentadas en la carrocería, con las piernas sobre el respaldo del asiento trasero. Aparcamos dentro del puerto y dimos un paseo por la parte en la que estaban amarrados los yates más grandes y ostentosos. Uno de ésos debe de ser el *Saltillo*, el de Don Juan. Pero yo me conformaría con uno más modesto, decía Alfonso, señalando un velero cercano. Algo así, añadía. Nueve metros de eslora y unos tres y pico de manga. Ideal para pequeños cruceros. Entonces se sacaba la cámara fotográfica que llevaba colgada del cuello y se la tendía a la tía Amalia para que le hiciera una foto, y todos se reían al verle posar en actitud de viejo lobo de mar. Todos menos yo, que no le encontraba la menor gracia a nada de lo que él hacía o decía. ¿Te ocurre algo?, te encuentro rara, me dijo mi tía en un momento dado, y yo dije que estaba bien y que no me pasaba nada.

De regreso al hotel, cruzamos la zona de las casas nobles y las mansiones. Delante de Villa Giralda estaban aparcadas varias furgonetas con los logotipos de diferentes cadenas de televisión y emisoras de radio, y junto a la puerta había un grupo de unas veinte personas con cámaras, micrófonos y cuadernos de notas. Periodistas, claro. Aquí ha pasado algo, comentó el señor Torres, y Alfonso acercó el descapotable al grupo de los reporteros. ¿Qué ocurre?, preguntó. Franco acaba de designar sucesor, contestó un joven barbudo. ¿Don Juan?, dijo el señor Torres. El de las barbas negó con la cabeza. Juan Carlos, el príncipe, dijo. Alfonso se volvió entonces hacia el señor Torres y dijo: ¿Qué te había dicho? Las cosas están cambiando con rapidez.

Aquella noche me subieron la cena a la habitación. La tía Amalia había quedado en ir a un restaurante con Alfonso y el matrimonio Torres. Espero que no les dé por pedir otra vez langosta para todos..., dijo mientras terminaba de arreglarse, ¿qué?, ¿estoy bien? Estás guapísima, dije. Se había puesto un vestido de noche negro, largo hasta los tobillos, y por una vez se había decidido a ponerse unos zapatos de tacón, lo que la hacía parecer altísima. ¿Te gusta? Lo tengo desde hace años. Es de los que no pasan de moda.

Pero yo en ese momento no quería hablar del vestido. Dije: Y ese Alfonso, ¿es muy amigo tuyo? La tía Amalia asintió mirándome en el espejo. Creo que te quiere engañar, añadí, no es de fiar. ¿Qué es lo que busca? ¿Qué es lo que quiere de ti? La tía Amalia soltó un hondo suspiro y se me acercó para darme un beso de buenas noches. Tú no te preocupes, dijo, sé buena chica y acuéstate pronto. Y sí, me acosté pronto, pero eso no quería decir que fuera a quedarme dormida al momento. Cuando estás tan preocupada como yo lo estaba entonces no es fácil conciliar el sueño.

Tres o cuatro horas después seguía aún removiéndome entre las sábanas. De repente, me llegó del pasillo un sonido como de voces y risas ahogadas. Encendí la luz de la mesilla, me levanté de la cama y me acerqué de puntillas a la puerta de la habitación. Una de aquellas voces era la de la tía Amalia; la otra, la de Alfonso. Entreabrí con sigilo la puerta y les vi. Estaban de espaldas a mí. Avanzaban abrazados por el pasillo. Luego se detuvieron para darse un beso larguísimo. ¿Cuánto pudo durar aquel beso? Tal vez diez, quince segundos, mucho más de lo que entonces solían durar los besos de las películas. Después yo pensé que la tía Amalia se daría la vuelta y vendría a la habitación, pero lo que hizo fue abrazarse con más fuerza a Alfonso e indicarle una puerta que estaba unos cuantos metros más allá. Era, naturalmente, la de la habitación de Alfonso, que se sacó del bolsillo una llave y la abrió. Luego, sin soltarse ni un segundo, desaparecieron los dos de mi vista.

Las cosas ocurrían ahora muy deprisa, y a la mañana siguiente, mientras estaba tomando el sol junto a la tía Amalia y los Torres, vi llegar a Alfonso procedente de la cafetería. En contraste con los demás, incluidos los otros huéspedes del hotel que dormitaban en las hamacas cercanas, todos en albornoz o directamente en bañador, él iba vestido con traje y corbata. La tía Amalia no reparó en su presencia hasta que lo tuvo justo al lado, y para entonces ya todos le prestábamos atención. Había algo en Alfonso, en sus facciones desencajadas, en sus ojos brillantes de alarma, que hacía que ninguno de nosotros pudiera apartar la vista de él. No se entretuvo en saludar a nadie. Se agachó junto a la tía Amalia y le dijo unas palabras al oído. La expresión de mi tía, hasta entonces plácida, se alteró de golpe. Pero ¿tú por quién me has tomado?, le preguntó, levantándose y encarándose con él. ¡Creía que estaba tratando con gente seria, no con un simple aficionado!, gritó, y el tono airado de sus palabras sobresaltó a todos los presentes. Alfonso, aturdido, mencionó un nombre inglés o norteamericano, un tal Philip. Dijo que había tenido que salir de viaje y que no volvería hasta la semana siguiente, ¿qué culpa tenía él? ¿Y no hay nadie más que pueda autorizar el pago?, replicó mi tía. Dame una semana, rogó Alfonso, es todo lo que te pido.

¿Una semana? ¡Ni un minuto más! ¡No sé cómo he podido fiarme de alguien como tú!, volvió a gritar ella. Toda la gente que nos rodeaba estaba ahora pendiente de ellos. La situación se había vuelto muy embarazosa, y el señor Torres quiso intervenir, colocándose entre los dos y pidiendo calma por gestos. Amalia, ya sabes que yo..., trató de decir Alfonso, pero la tía Amalia le interrumpió llamándole inútil. ¡Señores, por favor!, exclamó el señor Torres. Amalia, sin hacerle ningún caso, me buscó con la mirada y dijo: ¡Recoge tus cosas! ¡Volvemos inmediatamente a Madrid!

Yo estaba bastante confundida por lo que había visto, pero en el fondo no podía dejar de sentir cierta satisfacción. La perversa satisfacción de quien ve cumplirse sus más oscuras intuiciones. Esperé a llegar a la habitación y entonces dije: O sea que yo tenía razón. Te avisé. Te dije que no era de fiar. Mi tía, ensimismada, no parecía haberme escuchado. Tendrías que pedir la cuenta, proseguí. Y un taxi para Madrid. ¿Cuándo nos vamos? ¿Mañana por la mañana? Ella asintió sin convicción. La observé con fijeza. Ahora, más que enfadada, me dio la impresión de que estaba nerviosa, incluso atemorizada e indefensa. ¿Me vas a explicar lo que ha pasado?, pregunté. Eres aún una niña, no lo entenderías, dijo sin mirarme.

El resto del día se negó a salir de la habitación. Llegó la hora de la cena y ordenó por teléfono que nos subieran ensalada y salmón. El camarero dejó el carrito junto a la mesilla del salón, pero la tía Amalia ni siquiera se acercó a probarlo. Paseaba de un lado para otro, silenciosa, abstraída. Yo nunca la había visto así y no sabía qué podía hacer para ayudarla. La ensalada está riquísima, dije. No tengo hambre, replicó. Luego llamaron a la puerta. Era el señor Torres. La tía Amalia le invitó a pasar y dijo: Perdona por la escenita de la playa, pero... El otro no le dejó concluir la frase. Dijo que lo pasado, pasado, y se me quedó mirando. La tía Amalia me miró también y con la cabeza hizo un gesto en dirección al cuarto de baño: Ve preparándote la bañera. Yo quise decir que todavía no había terminado de cenar pero no me atreví. Entré en el cuarto de baño, abrí el grifo del agua caliente y vacié uno de los frasquitos de gel. Estuve unos segundos mirando subir la espuma. Después me asomé a la habitación y oí a mi tía despedirse del señor Torres. Muy bien, decía. Dentro de media hora, en la cafetería... ¡Pero recuerda: a ese hombre no quiero verlo ni en pintura! El señor Torres se fue y la tía Amalia entró en el cuarto de baño. Te acostarás pronto, mañana nos espera un largo viaje, me dijo, hundiendo la mano en el agua para comprobar la temperatura.

Cuando me despertó por la mañana debía de ser tempranísimo. Las cortinas de la terraza estaban descorridas y del exterior llegaban las primeras luces del día. A los pies de la cama vi las maletas, algunas de ellas ya cerradas. Date prisa, María, tenemos el taxi abajo, dijo la tía Amalia, que llevaba puesta la misma ropa del primer día, cuando llegamos a Estoril. Lo siguiente fue cosa de muy pocos minutos, los que tardé en asearme un poco y en vestirme. Al entrar en el taxi me acordé de que no me había despedido de Ana y Marta, pero la tía

Amalia, sin escucharme, hizo una seña al taxista y dijo: ¡Vamos!

Era todo como precipitado y furtivo, y yo no entendía muy bien la razón de tantas prisas. El taxi recorrió la carretera que bordea la costa y, al llegar al pequeño desvío de la Boca do Inferno, fue reduciendo velocidad hasta detenerse. Y ahí nos quedamos mi tía y yo, silenciosas las dos junto al montón de maletas, viendo al taxi alejarse, esperando quién sabía qué. ¿No era ese taxi el que debía llevarnos a Madrid? Ahora sí que no entendía nada, absolutamente nada. Estaba tan desconcertada que ni siquiera me atrevía a preguntar. La tía Amalia esquivó mi mirada y se encendió un cigarrillo. Pasaron sólo unos minutos antes de que en la distancia apareciera el descapotable de Alfonso. Sus ruedas rechinaron cuando frenó a nuestro lado. ¡Venga!, exclamó, saltando al suelo y apresurándose a guardar nuestro equipaje en el maletero. Yo me senté en el asiento de atrás. Alfonso arrancó e intercambió una mirada silenciosa con la tía Amalia. ¿Qué estaba ocurriendo? ¿Qué demonios estaba ocurriendo?

A esas horas de la mañana el tráfico era escaso, y Alfonso conducía muy deprisa, apurando en las curvas y adelantando a todos los coches y camiones con que nos encontrábamos. Sólo cuando estábamos ya acercándonos a la aduana noté cómo el descapotable moderaba su velocidad. Una cola de unos cinco o seis vehículos avanzaba despacio por el lado portugués ante el gesto desganado con el que el policía del puesto les autorizaba a pasar. Mientras cruzábamos los veinte o treinta metros de tierra de nadie, busqué el rostro de Alfonso en el reflejo del retrovisor y me pareció percibir en él un rastro de ansiedad. La tía Amalia, a su lado, contenía la respiración.

Delante de nosotros estaba la aduana española. Al llegar a ella, los vehículos que nos precedían daban un pequeño frenazo y enseguida reanudaban la marcha. Un guardia civil con tricornio y un uniforme demasiado abrigado para la estación del año echaba un rápido vistazo a la matrícula de cada automóvil y hacía con la cabeza un leve gesto de asentimiento. Había ahora tres coches delante del nuestro, luego dos y al final sólo uno, y yo pensaba que también entonces el guardia civil asentiría con la cabeza y nos dejaría pasar. Parecía, de hecho, que era eso lo que iba a hacer cuando, de repente, alzó una mano y dijo: ¡Alto!

Un minuto después, todo nuestro equipaje estaba esparcido en torno al Alfa Romeo, las maletas abiertas como grandes bocas desencajadas, nuestra ropa asomando fuera de las cremalleras desordenada y lacia. El registro lo efectuaban dos guardias civiles bajo la supervisión de un cabo. Como en las maletas no habían encontrado lo que parecían estar buscando, el cabo ordenó desmontar los asientos. Alfonso, mi tía y yo, tensos los tres, sudorosos, esperábamos junto a una de las casetas de la aduana, vigilados por un guardia civil con una ametralladora negra, bastante más pequeña de como yo la habría imaginado. Desde allí, en mitad del montón de maletas, distinguí la mía, la vieja maleta de cartón que en todos esos días no había llegado a abrir, y pensé que aquello quería decir algo.

Que quería decir que el sueño había concluido y que yo en ese momento estaba siendo devuelta a la realidad de siempre. A mi ropa fea y remendada, a mi triste cuarto en el pequeño piso de mis padres, a la colonia. Que regresaba, en definitiva, a la vida que me correspondía.

Uno de los guardias civiles llamó al cabo y le entregó algo. Era un paquete del tamaño y la forma de un ladrillo, envuelto en plástico transparente. El cabo lo cogió y entró en una caseta. A través de la ventana de un despacho le vimos hablar por teléfono durante unos dos o tres minutos. Luego aquel hombre salió y se dirigió a Alfonso y a mi tía. Llevaba en la mano un grueso fajo de billetes extranjeros, seguramente dólares. Lo agitó primero ante los ojos de Alfonso y luego ante los de la tía Amalia, y finalmente preguntó: ¿Dónde está el resto del dinero?

5

La colonia había sido fundada a principios de siglo por Ramón Cadafalch, un catalán que había hecho fortuna en Cuba y que había vuelto a España para casarse con una madrileña llamada Elisa Castaño. Su modelo había sido el de las colonias que por entonces proliferaban en Cataluña, la colonia Güell y otras como ésa, y lo primero que había mandado construir había sido la pequeña iglesia, que con su fachada blanca y despojada recordaba los templos de la isla caribeña.

La organización de la colonia se pretendía inspirada en las comunidades de los primeros cristianos, y la intensa religiosidad del señor Cadafalch determinaba no sólo la forma de vida de las familias sino también el propio sistema de trabajo. Mi padre recordaba que, cuando él era niño y todavía la familia Cadafalch vivía en la colonia, se interrumpía la producción al mediodía para que los trabajadores rezaran el ángelus, no sé si durante todo el año o sólo durante el mes de mayo, que era, como él decía, el mes de María, pero no por mí, que nací en diciembre, sino por la Virgen. La colonia alquilaba las viviendas a los trabajadores al precio de una peseta. Fue así desde el principio hasta el final, nunca lo subieron un céntimo, y yo recuerdo haber visto el sobre que mi padre traía a casa a primeros de mes y la caligrafía picuda con la que el contable había escrito: sueldo de mecánico de primera, cinco mil o seis mil pesetas o lo que fuera, detracción en concepto de alquiler de vivienda, una peseta.

El padre de mi padre había trabajado en la fábrica desde el primer día, y mi padre, de hecho, había nacido en la colonia y nunca había vivido fuera de ella. Hablaba de su infancia con nostalgia. Decía que aquéllos habían sido los mejores tiempos de la colonia y que en esa época formaban todos una gran familia. El capellán de los Cadafalch era como el capellán de todos y cada uno de los trabajadores. Él se ocupaba de arreglar los matrimonios, orientar a los padres sobre la educación de sus hijos, solucionar las disputas, incluso de fijar los precios del economato y negociar adelantos, préstamos y pagas extra para las familias en apuros: si en la colonia había reinado siempre la armonía había sido gracias a él. Pero luego estalló la guerra y todo eso se perdió. La familia Cadafalch se marchó entonces para no volver, y el lento pero imparable deterioro de su enorme mansión ilustraba de algún modo el deterioro de la colonia entera. Desde entonces la fábrica se había acostumbrado a vivir en una crisis permanente y, aunque cada varios años, en un intento por reflotarla, se acometía una nueva reforma, ya nunca se lograría regresar a la prosperidad de antes de la guerra.

Mis padres se conocieron en las fiestas de un pueblo cercano. Era el verano del año cincuenta y uno.

Mi madre vivía entonces en casa de mi abuelo Fermín y había caído por ahí un poco por casualidad. El noviazgo fue breve, brevísimo, y, aunque esto yo no lo supe hasta mucho más tarde, tampoco hace falta ser un lince para adivinar el motivo: mi hermano Josemi nació sólo seis meses después de la ceremonia. Se casaron en la iglesia de la colonia, pero el sacerdote que les casó no era ya el capellán de antes de la guerra sino un cura normal, un cura de pueblo. Por aquella época eran muchos los trabajadores que abandonaban la colonia y emigraban a Madrid. El día mismo de la boda, mi padre le dijo a mi madre que aquella colonia era su vida y que, pasara lo que pasara, sería el último en marcharse, y digo yo que todo eso explica un poco el carácter amargo de mi madre, condenada por un error juvenil a vivir para siempre una vida que ella no había elegido y que carecía de la menor expectativa de mejora.

Luego nací yo. Para entonces, de las casi doscientas familias que habían llegado a vivir en la colonia sólo quedaban cuarenta, y tanto la iglesia como la escuela estaban ya cerradas. A los niños nos mandaban a estudiar a la escuela del pueblo. Mi padre decía que debería haber sido al revés, que eran los niños del pueblo los que tendrían que haber venido a estudiar a nuestra escuela, pero es que mi padre era incapaz de aceptar la irrefrenable decadencia de la colonia. Él también decía que los buenos tiempos volverían y que lo primero que había que hacer era echar a los actuales ingenieros. Según él, ellos eran los mayores interesados en cerrar la fábrica y la colonia. ¡Para ingenieros, los de antes!, exclamaba, queriendo decir los de antes de la guerra. ¡Ésos sí qué eran ingenieros! ¡Unos señores que sabían muy bien lo que hacían! Yo creo que sus convicciones más o menos izquierdistas no expresaban otra cosa que rencor y decepción. Rencor y decepción por ese optimismo suyo continuamente desmentido en torno al porvenir de la colonia. ¿Cómo, si no, puede entenderse que se proclamara socialista y a la vez añorara un tipo de vida feudal y paternalista como el de aquellos viejos y gloriosos tiempos?

El cierre definitivo de la fábrica se produjo nueve o diez meses después de mi viaje a Estoril. Mi padre llegó a casa con el finiquito y una carta en la que se nos anunciaba que disponíamos de dos meses para abandonar la vivienda. Mi madre leyó la carta y no hizo ningún comentario. Aquello, en el fondo, era algo con lo que debía de haber estado soñando durante años. Marcharnos de allí, instalarnos en otro lugar. Llegué incluso a pensar que estaba contenta. Claro que, si eso hubiera sido cierto, delante de nosotros habría tenido que disimular y, cuando mi padre se sentó en la silla de la cocina y se tapó la cara con las manos, ella dijo: ¿Qué será de nosotros ahora?

Aquellos dos meses fueron particularmente tristes. Casi todas las mañanas había una o dos familias que se iban. Los hombres, sin trabajo ya, sin nada en lo que ocupar el tiempo, solían colaborar en las distintas mudanzas. Sacaban los escasos muebles y las cajas a la calle y después los cargaban en la furgoneta. Luego, llegaba el momento de la despedida. Entonces estábamos todos, niños y mayores. Estábamos en la calle, cada uno delante de su casa, y les decíamos adiós con la mano mientras la furgoneta recorría despacio el tramo adoquinado, los colchones enrollados sobre la baca, las lámparas baratas y los percheros asomando por la puerta trasera, atada con dos cuerdas. ¿Dónde vais vosotros?, le pregunté a Pepi la mañana de su partida. A Coslada, contestó, tenemos unos parientes allá. Pero seguiremos siendo amigas, ¿verdad?, dije. Muy semejante fue la última conversación que mantuve con María Jesús. Viviremos en Parla, a mi padre le han ofrecido un empleo en una fábrica de pinturas, dijo, y yo seguí diciéndole adiós con la mano hasta que el vehículo llegó a la glorieta y desapareció de mi vista.

Por supuesto, cada día que pasaba éramos menos los que salíamos a la calle a despedir a las familias que se marchaban. Algunas regresaban a los pueblos y aldeas de los que un día salieron, pero la mayoría optaba por acercarse a Madrid, instalarse en alguna de las nuevas barriadas que por entonces estaban naciendo en torno a la capital, y en aquel momento de la despedida todavía creíamos que seguiríamos viéndonos unos y otros y que, en el fondo, nuestra vida tampoco iba a cambiar tanto. Yo no tenía ni idea de adónde iríamos nosotros a vivir. En casa jamás se hablaba de eso, no al menos en mi presencia, y ni siquiera me habían comentado para cuándo tenían prevista nuestra mudanza.

Pasaron varias semanas. Una noche, a la hora de cenar, mi madre me dijo que fuera a buscar a mi padre y a mi hermano. Aquella noche era especial porque al día siguiente se iba Armando, el de la cantina, y los hombres se habían juntado para acabarse las botellas que no podría llevarse. Era algo así como una fiesta de despedida, y yo esperaba encontrármelos riendo y contando viejas historias de la colonia. Lo que no me imaginaba era que al abrir la puerta vería a mi padre llorando. A mi padre y a varios hombres más. A Remigio, a Manolo, a Abelardo, al propio Armando. Hombres hechos y derechos, todos ellos de cuarenta años para arriba, obreros recios y viriles que habían nacido y crecido en la colonia y que se habían reunido allí para llorar por el tiempo pasado, irrecuperable ya. A su alrededor, los más jóvenes permanecían en silencio, con los ojos respetuosamente clavados en el suelo, y yo comprendí que mi presencia allí era como una intrusión. Traté de marcharme sin que me vieran, pero era demasiado tarde. Mi padre, acodado en el mostrador, levantó la mirada hacia mí y asintió con la cabeza. Nos vamos, Josemi, dijo sin volverse hacia donde estaba mi hermano. Luego dio unos cuantos pasos tambaleantes y apoyó su mano en mi hombro. Había bebido mucho, muchísimo, quién sabe cuántas botellas había decidido Armando no llevarse consigo, y yo en ese momento sentí una inmensa tristeza por él.

Aquella noche recordé el juramento del que alguna vez había oído hablar. Mi padre quería ser el último en abandonar la colonia, de modo que durante las semanas posteriores seguiríamos saliendo a la calle a despedir a los que se marchaban y al final nos marcharíamos también nosotros, sin que quedara nadie allí que pudiera asomarse a despedirnos.

Eso fue exactamente lo que ocurrió. Recuerdo muy bien aquella mañana. Estábamos a mediados de junio pero todavía no hacía demasiado calor. Mi padre se despertó mucho antes que los demás y empezó a apilar trastos en la calle: el viejo reloj de cuco, la radio de segunda mano, la mesa y las sillas, la mecedora en la que tanto le gustaba sentarse. Yo repartí mi ropa, mis álbumes de Marisol, mis cuadernos, mis tres muñecas entre mi maleta de cartón y dos cajas medianas, y lo bajé todo al portal. Delante estaba ya aparcada la furgoneta. Era una de las furgonetas de la empresa, que había accedido a prestarlas para las mudanzas. Mi padre consiguió cargarlo todo en la parte de atrás y luego cerró la puerta. En la colonia no quedaba nadie. Sólo nosotros, y por muy poco tiempo. Teníamos que entrar en aquel vehículo y marcharnos de allí.

Entonces mi padre hizo una cosa que nunca olvidaré. Se fue hasta el final de la calle y la recorrió despacio, deteniéndose un instante ante cada portal para comprobar que todas las puertas de todas las casas estaban bien cerradas. Hizo lo mismo en sentido inverso, y sólo después volvió junto a nosotros y nos indicó por señas que podíamos montar. Y luego, cuando salimos de la colonia, paró un momento para cerrar la alta cancela de hierro forjado, y a mí aquello aún me hizo estremecer más porque, después de tantos años de verla abierta y con esos boquetes tan grandes que había en el muro, me pareció un gesto completamente inútil, y por eso mismo simbólico y grandioso. Luego mi padre volvió a ponerse al volante de la furgoneta, y aquélla fue la última vez en mi vida que vi la colonia.

También nosotros, según entonces supe, íbamos a una de las nuevas barriadas de las afueras de Madrid. Entramos en la ciudad por la carretera de Zaragoza y mi padre, que no conocía las calles, tuvo que parar varias veces para preguntar. Y no sólo es que mi padre no conociera las calles. Es que, además, no estaba acostumbrado a conducir en medio de un tráfico tan denso. Mi madre, a su lado, le indicaba que se pusiera a la derecha o a la izquierda o se metiera por esta o aquella calle, y él acababa enfadándose y gritándole que se callara de una vez, que así lo único que conseguía era distraerle. Entre una cosa y otra la furgoneta avanzaba dando bandazos, y en un momento dado un guardia nos paró para pedirnos la documentación. Mi padre se quedó sin habla. En la colonia todos los hombres conducían pero eran muy pocos los que tenían carnet. ¿Para qué, si allí todos nos conocíamos y no había policía ni guardia civil ni nada que se le pareciera? El permiso de conducir, repitió el guardia. No tengo, admitió mi padre bajando la cabeza. Haga el favor de salir del vehículo, ordenó el otro, y mi padre salió y a través de la ventanilla le vi disminuido y débil, como a un ser bien distinto del hombretón al que yo siempre había admirado.

Aquel episodio marcó de algún modo el comienzo de nuestra nueva vida. Habíamos abandonado el ámbito seguro y protector de la colonia y pasábamos a formar parte de un mundo a cuyas reglas no estábamos acostumbrados. Hasta esa misma mañana mi padre había sido un hombre respetado, y nadie se habría atrevido jamás a humillarle delante de su mujer y sus hijos. Ahora, en cambio, era uno más, un hombrecillo al que cualquier guardia urbano se sentía con derecho a dar órdenes y tratar como a un niño.

El guardia nos puso una multa pero al menos nos dejó marchar. Cuando por fin logramos llegar al que iba a ser nuestro barrio, todo nos pareció feo y vulgar. Las calles estaban como inacabadas, con tramos sin asfaltar y farolas amontonadas sobre la acera, esperando medio oxidadas a que alguien se decidiera a instalarlas. No había árboles por ningún lado, y los edificios, muchos de ellos recién construidos, parecían más viejos que las pocas casas realmente viejas que aún sobrevivían. Antes de buscar nuestro portal dimos una vuelta en la furgoneta, y mi madre, que a pesar de todo estaba menos sombría de lo que en ella era habitual, trataba de animarnos con sus comentarios. Aquí está la escuela, dijo, señalando unos barracones con manchas de humedad en las paredes y una enorme bandera de España. Fijaos qué campo de fútbol tan hermoso, dijo, refiriéndose a un desolado terreno con más piedras que césped. Y aquí tienen previsto poner el dispensario, dijo, volviendo la cabeza hacia lo que de momento no era más que un campo de alfalfa.

Desde luego, aquello no tenía nada que ver con el Madrid que yo había conocido en mis paseos con la tía Amalia, y a mí me extrañaba el interés que mi madre ponía en que aquello nos gustara. Luego supe que con el poco dinero que mis padres habían conseguido ahorrar habían pagado la entrada del piso, y pensé que lo que de verdad le hacía ilusión era ser propietaria de las cuatro paredes entre las que íbamos a vivir. Y cuando digo cuatro paredes estoy utilizando una frase hecha que refleja bastante bien la realidad, porque aquel cubículo diminuto no tenía muchas más. El salón era al mismo tiempo cocina y comedor y, como no había más que dos dormitorios, mi hermano y yo tendríamos que compartir uno de ellos. Al principio estaremos un poco apretados, dijo mi madre, y mi padre repitió: Al principio. Lo repitió sin la menor ironía, como queriendo convencerse de que aquello era algo provisional, a la espera de mejores tiempos, y yo pensé que ahora podía ser que fuéramos dueños de nuestra propia casa pero que desde luego éramos más pobres que en la colonia, cuando pagábamos una peseta por el alquiler.

6

En el barrio vivían unos cuantos taxistas. Por eso, aquella tarde, cuando volví de la escuela, no me extrañó ver uno aparcado ante el portal de nuestro bloque. Debía de ser un martes o un jueves porque esos días teníamos clase de ballet, y aquella tarde llevaba la bolsa con el tutú y las zapatillas. Subí las escaleras como solía hacerlo, de dos en dos y canturreando una tabla de multiplicar, y al llegar a nuestro rellano me detuve a escuchar las voces que procedían del interior del piso. Al principio pensé que se trataba de una nueva discusión entre mis padres. Mi madre gritaba: ¿Para qué has venido? ¡Coge eso y lárgate! ¡Vete y no vuelvas por aquí! Eso era normal en sus discusiones, que se echaran de casa el uno al otro o se amenazaran mutuamente con marcharse y no volver, y todos sabíamos que se trataba de amenazas que nunca llegarían a cumplirse, de modo que no le di demasiada importancia y me dispuse a llamar al timbre.

Pero las siguientes palabras de mi madre me lo impidieron. ¡Ya lo sé!, volvió a gritar, ¡has venido para humillarme! ¡Para que encima tenga que estarte agradecida! ¡Coge tu sucio dinero y vete! ¿No me has oído? ¡Vete! Había algo que no encajaba, y enseguida sospeché que, por una vez, el objeto de aquellas iras no era mi padre. Pero entonces, ¿quién? Tardé sólo unos segundos en descubrirlo. Eres injusta, Encarna, oí que, con voz más resignada que tensa, decía la otra persona. Se trataba, por supuesto, de la tía Amalia. Yo no había vuelto a saber nada de ella ni de Alfonso después de lo de Estoril. Durante ese año y medio ni siquiera había oído mencionar sus nombres, y había acabado aceptando su definitiva desaparición con esa extraña naturalidad con la que los niños aceptan los hechos que no alcanzan a explicarse. Como la muerte de los seres cercanos: ahora está, ahora no está.

Eres injusta, repitió la tía Amalia, y mi madre volvió a gritar: ¿Cómo puedes hablar de justicia? ¡Acabas de salir de la cárcel y te atreves a hablar de justicia! ¡No tendrían que haberte soltado! ¡Ése es el único sitio para la gente como tú! Entonces se abrió la puerta y me encontré cara a cara con la tía Amalia. Llevaba unos pantalones de terciopelo gris y una chaqueta larga con cinturón, y en las manos sostenía un bolsito blanco de charol a medio cerrar. Durante un par de segundos mi madre no advirtió mi presencia, y la tía Amalia y yo nos miramos en silencio. ¡Entra, María!, gritó entonces mi madre, y yo no podía dejar de mirar a mi tía. Estaba inmóvil y como hipnotizada. ¡Te he dicho que entres!, volvió a gritar, fuera de sí, y lo que seguramente quería era que dejara de mirarla como la estaba mirando. Después la tía Amalia se fue y mi madre cerró de un portazo. Fue a decirme algo, los ojos húmedos de rabia, pero al final se contuvo.

Luego se metió en la pequeña cocina y yo corrí a asomarme a la ventana, justo a tiempo de ver el taxi de la tía Amalia desaparecer detrás del campo de alfalfa en el que estaba previsto que construyeran el dispensario.

La tía Amalia y Alfonso habían sido condenados por estafa y encarcelados, ella en Yeserías, él en Carabanchel, pero la mayor parte del botín había permanecido a buen recaudo en algún lugar de Portugal, y lo primero que ella hizo después de salir de prisión y recuperar el dinero fue visitar a su hermanastra para ofrecerle apoyo económico. Pero yo esto no lo supe en ese momento sino un poco más tarde, esa misma noche, y sólo entonces estuve segura de algo que apenas había llegado a intuir: que Alfonso y ella me habían utilizado, que de algún modo les había servido de cebo en el asunto de los Torres y el cuadro falsificado. ¿Por qué, si no, esa necesidad apremiante de acallar sus remordimientos y reparar el mal ocasionado?

Por entonces Josemi estaba haciendo la mili y yo tenía el cuarto para mí sola. Aquella noche, desde la cama, noté cómo mi madre se asomaba a mirarme y luego cerraba la puerta con sigilo. Yo hacía tiempo que fingía dormir. Me levanté en la oscuridad y me acerqué a la puerta. Es mucho dinero..., oí decir a mi padre, que estaba cenando delante del televisor en blanco y negro recién comprado. Y lo que hicieron con tu hija, ¿qué? ¡Eso no se paga con dinero!, replicó mi madre. Te lo repito: has hecho bien. Yo sólo digo que tal como están las cosas..., dijo él, titubeante. ¡Tú te callas!, le interrumpió ella, y entonces oí ruido de cacharros e imaginé a mi padre cogiendo una mandarina del frutero de mimbre.

Hablaron luego de la cárcel, de Carabanchel, de Yeserías, de la condena que el juez había impuesto a la tía Amalia y su socio, como ellos decían, y del dinero que habían mantenido oculto en Portugal. Un porrón de dinero, comentó mi madre, y mi padre repitió: Un porrón. Y después se callaron. Estuvieron un buen rato en silencio, mirando una película que contaba la historia de una familia de mineros, creo que galeses. Y cuando volvieron a hablar fue, como casi siempre, para quejarse de las letras que estaban a punto de vencer. Tenemos un piso, una nevera, una televisión, pero vivimos peor que antes, cuando no teníamos nada. Vivimos peor que los mineros estos, dijo mi padre, y mi madre, que siempre que se mencionaba la compra del piso se daba por aludida, le preguntó irritada: ¿Te vas a acabar la mandarina o no? ¡A ver si puedo recoger la mesa! Pero mi padre volvió a la carga: Si al menos Josemi no estuviera en la mili... Son demasiados gastos para un solo sueldo. Y yo, ¿qué? ¿Yo no hago nada? Yo no he dicho eso. Sí que has dicho eso. Yo no he dicho eso, y punto y basta, concluyó mi padre, y yo volví a mi cama.

Aquella discusión había sido como todas las suyas. O quizá no. Quizá habían dicho lo mismo de siempre pero refiriéndose a algo diferente, algo que ninguno de los dos se atrevía a nombrar: refiriéndose al dinero que esa misma tarde mi madre había rechazado. ¿Qué habría ocurrido si mi padre hubiera estado en casa cuando llegó la tía Amalia? ¿Habrían acabado aceptándolo? Yo quería pensar que sí. Y que entonces todo habría sido distinto. Que la relación con la tía Amalia se habría arreglado y las cosas habrían vuelto a ser como antes del viaje a Estoril. Pero el hecho era que mi madre y mi tía se habían encontrado a solas y la reconciliación se había revelado imposible. Mi madre jamás le perdonaría la forma en que me utilizó para estafar a aquella gente, la familia Torres. Lo curioso era que yo a mi tía no le guardaba ningún rencor. Más bien al contrario: aquellos días en Estoril habían sido los mejores de mi vida y, aunque ya no me servían, yo todavía conservaba como recuerdo algunas de las prendas de vestir que entonces me había comprado la tía Amalia. Ahora pienso que el asunto de Estoril desató resentimientos mucho más antiguos y profundos, de la época en que el abuelo Fermín había enviudado y mi madre se había sentido abandonada, excluida de una familia que no era la suya, con una madre y una hermana que no eran ni su madre ni su hermana.

Mi madre ahora estaba orgullosa de tener un piso en propiedad, pero era verdad que eso no la había sacado de pobre. Si en la colonia limpiaba dos viviendas, la del ingeniero Goitia y la del otro ingeniero más joven con tantos hijos, desde que nos mudamos a la barriada limpiaba cuatro: dos en el centro de Madrid, cerca del Retiro, y las otras dos por la zona de Alfonso XIII. Yo estuve algunas veces en una de éstas. Era una casita blanca, de dos pisos, con un par de tilos en el pequeño jardín. Su dueña era una viuda llamada doña Margarita. Tenía tres hijas de edades muy diversas, la más pequeña, Almudena, sólo un año mayor que yo, y mi madre insistía en que en esa casa la trataban muy pero que muy bien. A mí me llevaba consigo cuando no tenía que ir a la escuela y, mientras ella limpiaba, Almudena y yo jugábamos en su cuarto con las muñecas. Y era verdad que doña Margarita la trataba bien, pero la trataba bien como se trata bien a los seres de clase inferior. Era un poco como la mujer del ingeniero Goitia, que siempre le regalaba la ropa bien conservada que no pensaba ponerse. También a mí me regalaban cosas: muñecas por las que aquellas chicas no sentían un cariño especial, novelas bastante manoseadas de Enid Blyton, zapatos que a Almudena se le habían quedado pequeños porque, como decía doña Margarita, a esa niña los pies le crecían como a los conejos los dientes. A diferencia de la mujer del ingeniero Goitia., que siempre la trataba de tú, doña Margarita trataba a mi madre de usted y, aunque mi madre decía que daba gusto sentirse tan respetada, yo en aquello no veía una señal de respeto sino de distanciamiento. No sonaban igual el usted de mi madre y el de doña Margarita, que decía usted, Encarna, sí que tiene buena mano para la aguja, y luego cogía una revista y se tumbaba en el sofá a esperar a que mi madre le cambiara la cremallera a su anorak de esquiadora.

Mi madre aceptaba agradecida todos los regalos que doña Margarita le hacía, unas blusas y unas rebequitas que, como ella decía, daba pena tener que tirar, unos guantes que había comprado por capricho y nunca había llegado a ponerse, algunas botellas y turrones de las cestas que solía recibir por Navidad, y yo me preguntaba cuál podía ser la idea que mi madre tenía del amor propio: ¿por qué aceptaba todo lo que le daba aquella mujer poco menos que desconocida y en cambio rechazaba el dinero de su hermana? Yo en eso no era como mi madre. Yo agradecía con una sonrisa ambigua los pares de zapatos que se le habían quedado pequeños a Almudena y luego no me los ponía. Pero ¿por qué, si son tan bonitos?, se enfadaba mi madre conmigo. Son horribles, replicaba yo, aunque eso nunca era verdad. Sólo eran odiosos, y después, cuando ya los míos acababan de estropearse y mi madre se decidía a llevarme a la zapatería, yo acababa eligiendo unos zapatos que, aunque en barato, no eran tan distintos de los de Almudena.

Pero yo en aquella época casi no salía del barrio. Sólo iba a Madrid cuando mi madre me llevaba a la casa de doña Margarita, que era como no ir a Madrid porque ahora esa zona está en mitad de la ciudad pero entonces se consideraba que estaba en las afueras, y cuando la acompañaba al médico para lo de sus piernas tontas. En esto había habido muy pocos cambios. Mi madre seguía yendo a la consulta de aquel pariente de la mujer del ingeniero Goitia que no le cobraba la visita, y seguían siendo aquéllas las únicas ocasiones en que se decidía a ponerse de tiros largos.

El trayecto en autobús por el centro de Madrid no era muy diferente del de entonces, y lo único que de verdad cambiaba era que, en lugar de dejarme en casa de la tía Amalia, me obligaba a permanecer a su lado en la sala de espera hasta que el médico se decidía a atenderla, que solía ser al final, cuando ya habían pasado por su consulta todos los pacientes de pago. Aquel médico era otra de esas personas que la trataban muy pero que muy bien, y mi madre algunas veces le llevaba tapetes de ganchillo que ella misma hacía robándole horas al sueño. Me pregunto qué haría el médico con aquellos tapetes, que en una casa pobre como la nuestra pretendían ser un signo de distinción pero difícilmente encajarían en el hogar de una familia adinerada. Yo sentía un poco de vergüenza ajena cuando, a últimas horas de la tarde, salíamos de la consulta y mi madre, fingiendo irritación pero en el fondo orgullosa, decía: ¡Qué razón tiene el doctor! Me iría mucho mejor si dejara de destrozarme las piernas fregando suelos y me dedicara más a estas labores.

A pesar de eso, a pesar de esa vergüenza y de las interminables esperas, a mí esas visitas me gustaban porque me recordaban a la tía Amalia, me recordaban aquellas tardes felices en que ella y yo paseábamos por las calles de los comercios más caros y nos metíamos en un cine a ver una película de Marisol.

El autobús que entonces cogíamos recorría gran parte de la calle Princesa y, cuando pasaba por delante de la antigua casa de la tía Amalia, yo no podía apartar la vista del portal: de la alfombra morada que llegaba hasta la misma calle y no retiraban hasta bien entrada la primavera, de Venancio, que a veces salía a fumar un cigarrillo y charlar un poco con los porteros de las casas cercanas. Miraba aquel portal con cierta ansiedad, como si en los escasos segundos que nuestro autobús tardaba en dejarlo atrás confiara en ver salir o entrar a la tía

Amalia, con sus pantalones y sus zapatos planos y ese aire suyo como de Katharine Hepburn. En aquel instante brevísimo, me gustaba entregarme a la ilusión de que todo seguía siendo igual que antes, de que nada había cambiado y la tía Amalia seguía viviendo allí. Sabía, por supuesto, que eso era imposible, después de lo de Estoril, la cárcel y todo lo demás, y lo que me preguntaba era dónde viviría ahora. Muy probablemente fuera de Madrid, quién sabe si incluso fuera de España, en algún lugar soleado y tranquilo en el que poder gastar sin temores su parte del botín. Eso, al menos, era lo que hacían los estafadores de las películas, que solían retirarse a una playa del Caribe o de Brasil y se pasaban las horas bebiendo zumos exóticos y dormitando en sus tumbonas.

En aquella época, y aunque nunca se hablaba de ello en los periódicos o en la televisión, eran frecuentes las manifestaciones contra el régimen de Franco. Muchas veces no eran ni manifestaciones: apenas un puñado de estudiantes que cortaban el tráfico de alguna de las calles del centro de la ciudad, se apresuraban a repartir octavillas entre los automovilistas y los transeúntes y luego, en cuanto aparecían las primeras tanquetas de la policía armada, echaban a correr y se dispersaban. Eso bastaba, sin embargo, para que las calles principales quedaran colapsadas y algunos autobuses tuvieran que alterar su itinerario habitual.

Una de esas tardes en que yo acompañaba a mi madre a la consulta del médico, los estudiantes habían conseguido sumir en el caos toda la zona de Recoletos, y a la altura de la plaza de Colón un guardia obligó a nuestro conductor a desviarse por la calle Génova, con el propósito, se suponía, de acceder a la Gran Vía o a Princesa por una transversal. Pero el tráfico en Génova tampoco era mucho más fluido, y el autobús avanzaba muy despacio entre el estrépito de las bocinas. Yo, de pie junto a mi madre, miraba los escaparates de los comercios: una cafetería, una tienda de muebles, otra de lámparas. Luego el autobús quedó retenido en mitad del atasco y entonces la vi. Era una tienda de antigüedades y se llamaba Estoril. Miré a mi madre, que permanecía a mi lado, impasible, indiferente como en nuestros primeros viajes en autobús, cuando sólo abría la boca para decir Nuevos Ministerios o Cibeles o Telefónica, y que sin embargo, no me cabía la menor duda, lo estaba viendo igual que yo. Estoril. Antigüedades Estoril. Clavé la mirada en el escaparate y en la puerta de cristal. A través de ellos sólo podían verse unos cuantos muebles, algunos cuadros, un reloj de péndulo, un espejo. Desde luego, no podía verse si había alguien en el interior del local pero, cuando el autobús echó por fin a andar, estuve segura de haberla encontrado. Había encontrado a la tía Amalia.

7

Nuestra profesora de ballet era una peluquera del barrio que se llamaba Marisa. De joven había intentado dedicarse profesionalmente a la danza, pero las cosas no le habían ido bien y al final había acabado aceptando el destino que parecía corresponderle, porque también su madre y algunas de sus hermanas eran peluqueras. Pero Marisa seguía bailando en sus horas libres, y había sido ella misma la que se había propuesto a la directora de la escuela para impartir todas las semanas un par de lecciones de ballet como actividad complementaria. Yo era una de sus alumnas favoritas, por no decir la favorita. Según ella, yo tenía la elegancia del cisne y la armonía del canto del colibrí. Marisa, la verdad, era un poco cursi, con ese vocabulario que empleaba y ese acento suyo que sonaba un poco a italiano y otro poco a francés, pero que todos sabíamos que era fingido porque ella nunca había ido más allá de Guadalajara. Yo, sin embargo, se lo disculpaba todo. Se lo disculpaba por lo mucho que me apreciaba y por lo bien que lo pasaba en sus clases. A quien no le gustaba demasiado era, por supuesto, a mi madre, que decía que la princesa había nacido para princesa y el carbonero para carbonero, como dando a entender que nunca la hija de una peluquera podría dedicarse a otra cosa que no fuera hacer permanentes y cardados. Creo incluso que mi madre consideraba a Marisa una mala influencia para mí y que, si de ella hubiera dependido, habría hecho que sus clases no fueran gratuitas sino de pago porque así habría tenido un buen pretexto para no inscribirme. Pero el caso era que las clases no le costaban un duro y que, según Marisa, yo destacaba en ellas con mi elegancia de cisne y mi armonía de colibrí.

Para Navidades y fin de curso celebrábamos un espectáculo en el polideportivo del barrio, que en realidad era poco más que un almacén de altos techos con una cancha de baloncesto y una gradería, y en esas ocasiones era inevitable que yo fuera la primera bailarina. A mí me gustaba saberme el centro de atención de aquella gente, aquellos padres y hermanos de alumnas, y ver cómo al final todos (incluida mi madre, no habría estado bien que no lo hiciera) se ponían en pie y me aplaudían durante más de un minuto.

Fue en una de esas fiestas donde Marisa anunció públicamente lo de mi beca. Es éste un año excepcional, un año venturoso como un almendro en flor, dijo Marisa con su estilo característico desde el centro mismo de la cancha, y entonces me hizo acudir a su lado y pidió un nuevo aplauso para mí porque una de las más prestigiosas academias de España, incluso de Europa, me había concedido una beca importantísima, una beca que sin lugar a dudas permitía augurarme un inmejorable futuro en el mundo de la danza. ¿Quién sabe si no nos encontramos ante una nueva Isadora Duncan?, concluyó Marisa, y todos volvieron a aplaudirme, aunque dudo que hubiera nadie allí que hubiera oído jamás hablar de Isadora Duncan. Miré entonces a mi madre, a la que ni Marisa ni yo habíamos querido dar la noticia, y, pese a que por dentro debía de estar más que irritada, no le quedaba más remedio que agradecer con una sonrisa tirante las felicitaciones de los padres y las madres que estaban sentados cerca de ella.

Marisa decía que la academia era una de las más prestigiosas de España, incluso de Europa, pero seguramente lo decía porque ella misma había estudiado allí y era una forma como otra cualquiera de dar lustre a su modesto historial de bailarina. Aunque también podía ser que en su época hubiera conocido cierto esplendor y que luego, con el paso del tiempo, lo hubiera perdido. Lo cierto era que las instalaciones estaban viejas y descuidadas y que en un parqué como aquél era inevitable que acabaras clavándote unas cuantas astillas. Sus propietarias y profesoras, las hermanas Fernández, eran además tres corpulentas señoras de entre cincuenta y sesenta años a las que resultaba difícil imaginar intentando el más sencillo de los pasos de baile. ¿Y cuántas alumnas tendrían en total? Yo calculé una docena, dos en el mejor de los casos. Que una academia así estuviera en condiciones de repartir becas entre las niñas de las familias pobres resultaba cuando menos llamativo, aunque también podía ser que ése fuera el último y desesperado recurso al que aquellas mujeres se hubieran agarrado para captar discípulas y mantener alguna actividad en su negocio. ¿Era yo la única becaria o, por el contrario, había otras niñas, quién sabe si todas, en mi situación? Lo que estaba claro era que muy pocos padres habrían pagado por enviar a sus hijas a una academia así.

Pero a mí todo eso me daba lo mismo. A mí aquella beca me acercaba un poco más a la forma de vida que siempre había deseado llevar. Y no sólo eso: me acercaba también a Estoril, a la tienda de antigüedades de la tía Amalia, porque la academia de las hermanas Fernández estaba en una bocacalle de Zurbano, no muy lejos de la calle Génova, por la que mi madre y yo habíamos pasado en autobús el día aquel de la manifestación.

Recuerdo muy bien la primera vez que me asomé al escaparate de Antigüedades Estoril. Mi madre me había acompañado un par de tardes a la academia para asegurarse de que me aprendía el camino y luego me había dicho que ya tenía edad para ir sola a los sitios. Aquel día fue también el primero en que, con mi bolsa del ballet al hombro, pude moverme con libertad por Madrid. Era todavía verano, creo que mediados de septiembre, y bajé del autobús varias paradas antes de lo que debía, de modo que, para llegar a la academia, tenía que cruzar dos o tres calles, una de ellas Génova. Recuerdo muy bien que aquella primera vez no me atrevía a acercarme demasiado y que iba de un lado para otro por la acera de enfrente, tratando con disimulo de escudriñar el interior del local. Desde aquella distancia y a través del cristal de la puerta creí distinguir cuatro o cinco figuras. ¿Podía ser que una de ellas fuera la de la tía Amalia y otra la de Alfonso? No estaba segura. Llegó una pareja con una niña más o menos de mi edad, que entró un momento y luego salió a esperar a sus padres. Crucé la calle. Me pareció que con tanta gente podía por fin decidirme a pasar por delante y echar un vistazo sin correr el riesgo de ser descubierta. Anduve despacio por la acera y me paré justo antes de llegar al escaparate. Aquella niña estaba jugando a las bolas locas, que ese año estaban de moda, dos bolas del tamaño de dos canicas grandes, unidas por un cordel, que se sostenían entre el pulgar y el índice y había que entrechocar con fuerza: tacatá, tacatá. Tragué saliva. La niña me miró. Di uno, dos, tres pasos y me planté delante del escaparate. Miré. Una cómoda, un atril con un libro antiguo, una lámpara de pie, un busto de mármol. Ahora sólo me faltaba dar un paso más y asomarme a la puerta, a través de la cual podría sin duda ver a la tía Amalia, pero ese último paso no me iba a resultar sencillo porque yo sabía que, si finalmente lo daba, estaría traicionando a mi madre. Lo di, por supuesto. Di ese paso y, en efecto, ahí estaba la tía Amalia, enseñando un elefante de marfil a la pareja recién llegada, y a su espalda estaba Alfonso, cada vez más parecido al padre de Marisol en *Un rayo de luz,* charlando con dos señoras y señalando unos retratos, y, aunque mi intención había sido la de seguir mi camino sin detenerme, lo cierto es que me había quedado como clavada en el sitio y que cualquiera de los dos podría verme con sólo volver la mirada hacia la puerta. La otra niña, mientras tanto, seguía con su tacatá, tacatá. Fue ella la que me hizo regresar a la realidad. ¿A ti qué te pasa?, ¿estás tonta?, me preguntó, dejando por un instante de hacer ruido, y yo abracé con fuerza mi bolsa del ballet y eché a correr hacia la esquina siguiente.

A partir de aquel día me acostumbré a hacer siempre lo mismo. Las tardes que tenía clase en la academia bajaba del autobús, me metía por Génova y pasaba por delante de la tienda echando un vistazo furtivo a su interior. ¿Quería o no quería ser descubierta? Yo creo que, cuando alguien se expone con excesiva frecuencia a un riesgo o una tentación, es que en realidad está deseando ceder, caer hasta el fondo del pozo, y al final acabó ocurriendo lo que tenía que ocurrir. Una de esas tardes, en el momento mismo en que pasaba por delante de la tienda, se abrió de golpe la puerta y la tía Amalia me sonrió y me dijo: ¿También hoy vas a echar a correr? Me había visto. Me había visto la primera tarde y quién sabe si todas las demás. Yo, acobardada, no supe qué contestar. Tenía la sensación de haber sido cogida en falta, como cuando los niños de la colonia nos colábamos en un huerto cercano a robar fresas y el campesino nos perseguía dando gritos y blandiendo el bastón, y oscuramente temía que pudiera guardarme algún rencor por el mal trato que mi madre le había dispensado. Lo que menos me esperaba era que al cabo de un momento apareciera también Alfonso y que los dos, al verme tan confundida, casi llorosa, soltaran una carcajada unánime. ¡Pero María!, ¡si pareces la estampa de la Pasión!, exclamó la tía Amalia, y entonces también yo me eché a reír. Eso hizo las cosas mucho más fáciles. Me preguntaron adónde iba. Yo les hablé de mi beca y de mis clases de ballet y les dije que iba a llegar tarde a la academia, y ellos me invitaron a visitarles siempre que quisiera. Ése es nuestro piso, añadió la tía Amalia, señalando el balcón que estaba justo encima de la tienda, ¿quieres subir a tomar una cocacola?

No subí aquella vez pero sí la siguiente, y la tía Amalia debía de estar esperándome porque lo primero que hizo fue encender el tocadiscos y la canción que sonó fue, cómo no, *María bonita*: Acuérdate de Acapulco, de aquellas noches... Y de repente me sentí como si de verdad nada hubiera cambiado en esos casi dos años, como si aquél fuera aún el piso de la calle Princesa y mi madre me hubiera acompañado por la alfombra morada del portal ante la atenta vigilancia de Venancio. Pero aquel piso era incluso mejor y más elegante que el de Princesa, con un gran salón con chimenea de mármol y artesonados en los techos, con un pasillo anchísimo lleno de cuadros antiguos. Luego supe que muchos de aquellos muebles y aquellos cuadros formaban parte del negocio. Que podían ser vendidos en cualquier momento y que, por eso, la decoración de la casa se transformaba sin cesar: tan pronto desaparecía un secreter o un biombo como aparecía una escribanía o un espejo, siempre de lujo, por supuesto, y siempre preciosos, aunque la sensación que el conjunto transmitía era algo extraña, como si aquello no fuera una vivienda sino una exposición, como si en cada una de aquellas piezas hubiera algo que delatara su provisionalidad. Pero eso no cambiaba las cosas: si aquel piso y aquella tienda y aquellas antigüedades habían sido pagados, como desde el principio supuse, con el dinero que Alfonso y la tía Amalia le habían sacado al señor Torres, es que de verdad le habían sacado un porrón, como decían mis padres.

La casa y el local estaban comunicados por una escalera de caracol que unía el salón con la trastienda, y a mí me gustaba sentarme en uno de los escalones centrales porque estar allí era como estar en los dos sitios a la vez: en el piso, en el que la tía Amalia solía matar el rato leyendo cuando no tenían clientes, y en la tienda, a la que bajaba corriendo en cuanto Alfonso la reclamaba por el interfono. ¿Puedes bajar, Amalia?, oía yo desde mi escalón, y al momento aparecía mi tía diciendo: ¡Paso, paso! Sentada en aquella escalera me tomaba una cocacola y esperaba la hora de la clase de ballet. Algunos clientes, o más bien clientas, me saludaban desde lejos y me tomaban por hija de la tía Amalia. ¡Qué niña tan guapa!, ¡no se puede ocultar a quién ha salido!, comentaban refiriéndose a mi tía, y ella asentía con la cabeza y me enviaba una sonrisa cómplice, como la noche de nuestra llegada al hotel de Estoril.

No tardé en convertirme en una presencia habitual. Entraba a visitarles siempre que tenía clase, y lo más curioso es que nunca hablamos ni de los Torres ni del juicio ni de la cárcel, como si nada de eso hubiera existido. Tampoco de la discusión con mi madre, a la que por otro lado mi tía evitaba aludir y, cuando lo hacía, era siempre de un modo indirecto, con un ¿qué tal todos?, ¿bien?, o un ¿cómo está la familia? Todo eso formaba parte de una especie de código privado, una manera de entendernos y hacernos entender que no requería palabras, no al menos las palabras exactas, las que cualquiera pronunciaría en cada una de esas situaciones.

Una tarde mi tía me preguntó si quería acompañarla a hacer unas compras. Es que tengo clase..., dije yo. Por un día que te la pierdas..., replicó. Dejé mi bolsa del ballet en el hueco de la escalera y la seguí. Entramos en una tienda de ropa, cogió uno de esos vestidos vaporosos, ligeros y como ibicencos que entonces estaban de moda y señaló los probadores: Mira a ver qué tal te sienta. No, de verdad que no, dije, negando con la cabeza, y ella insistió: Que te lo pruebes. También eso formaba parte de nuestro código: yo no podía presentarme en mi casa con ese vestido y ella lo sabía y yo sabía que ella lo sabía, pero las dos hacíamos como si no, como si aquello fuera lo más normal del mundo, una tía tratando de regalar un vestido a su única sobrina y ésta resistiéndose por cortesía. Pasé al probador y me puse el vestido. Era precioso, con aquellos velos de colores claros. Me hacía parecer una de esas actrices jóvenes que salían en las revistas. Una monada, una auténtica monada, dijo mi tía mirándome en el espejo. Salí de la tienda con el vestido puesto y no me lo quité hasta que llegó la hora de volver a casa. No te preocupes, te lo guardo en mi armario, me dijo la tía Amalia mientras yo me ponía la ropa con la que había venido, un pantalón barato y una camiseta de colorines que había sido de Josemi, y yo entonces quise darle las gracias pero no dije nada y lo que hice fue llevarme la mano al cuello y mostrarle la cadenita que durante toda la tarde había mantenido oculta bajo la ropa, una cadenita de plata con un pequeño colgante de jaspe. Fue ésa una de las pocas veces que delante de la tía Amalia hablé de mi madre. Y ni siquiera llegué a mencionarla. Dije ella, dije que delante de ella nunca me la ponía, y yo ya supe que ella sabía a quién me refería con ese ella.

8

Pero la vida, la vida real, no era la de Madrid sino la del barrio, y allí las cosas iban cada vez peor. Desde que dejamos la colonia, mi padre había ocupado diferentes puestos de trabajo. Primero había encontrado empleo en una planta de galvanizados, luego se había pasado por un sueldo algo mejor a una empresa de cartonajes y ahora, desde hacía un par de meses, trabajaba en una fábrica de colchones de casi doscientos empleados. Fue en esa fábrica donde tuvo su primer contacto con la política. Quiero decir con la política de verdad, la que hacía que los estudiantes tomaran una calle y se enfrentaran a pedradas con la policía y que algunos obreros, los más osados, se declararan en huelga cada dos por tres: nada que ver con esas proclamas suyas, casi siempre vagas e inútiles, de los tiempos de la colonia, que al fin y al cabo era como un mundo aparte que se regía por sus propias reglas y vivía al margen de la historia.

En la fábrica había un grupo de sindicalistas muy batallador que era al mismo tiempo el único foco de reivindicación del que disponía el barrio, de forma que las protestas por los despidos o los bajos salarios solían mezclarse con las reclamaciones de nuevos semáforos o mejores horarios de autobús. El cabecilla del grupo era Antón, un ex seminarista de largas barbas negras y expresión dolorida que recordaba un poco al Cristo de los catecismos. Era delgado, muy delgado, y me acuerdo de los dedos que tenía, unos dedos larguísimos de abultados nudillos y uñas recomidas, y si me acuerdo es porque la primera vez que le vi le ayudé a cargar con unos pesados paquetes envueltos en papel de estraza. Guárdalos debajo de tu cama y no le digas nada a nadie. Ni siquiera a tu madre, me dijo. Mi padre, a su lado, me hizo una seña de haz lo que te dice, y yo tuve que hacerles sitio detrás de la maleta en la que escondía algunos de mis queridos vestidos de Estoril. Aquellos paquetes contenían papel, nunca supe si panfletos o ejemplares de *Mundo obrero*, que era el periódico que mi padre leía a escondidas y que ocultaba bajo el cojín de la mecedora cuando oía que mi madre llegaba a casa. No solían permanecer más de tres o cuatro días debajo de mi cama. Entonces aparecía mi padre con un par de hombres más y se los llevaban sin decir nada.

Una tarde, más o menos a la hora en que él solía llegar, sonó el timbre de la puerta. Era Antón. ¿Está tu madre?, me preguntó, y por la forma en que lo dijo supe que había ocurrido algo. Antón apretó las manos callosas de mi madre entre sus dedos larguísimos y le dijo algo al oído. ¡Dios mío!, exclamó ella, abriendo mucho los ojos. Luego se encerraron en la cocina, y mi madre decía: Pero ese hombre ¿no se da cuenta de que tiene una familia?

Mi padre, limpio y bien afeitado pero con la ropa arrugada, reapareció al cabo de tres días. Le habían detenido, junto a otros diez sindicalistas, por participar en una sentada que exigía la readmisión de unos trabajadores despedidos y la construcción de un paso elevado sobre las vías del tren. Así que llegó mi padre, ya lo he dicho, limpio y bien afeitado, y mi madre, que llevaba toda la mañana esperándole, sacudió la cabeza y dijo solamente: A tu edad... Dijo a tu edad como si ser antifranquista y participar en actos de protesta fuera algo que sólo podían hacer los jóvenes. Lo dijo como si no pudiera concebir nada más excéntrico que eso, un padre de familia arriesgando la estabilidad familiar por jugar a hacerse el héroe, y yo creo que eso fue lo que le desarmó. Si mi madre hubiera sido más explícita, si le hubiera reprochado sus ideas políticas, seguro que él habría sabido encontrar argumentos para replicarle, pero lo que dijo fue eso, a tu edad, y mi padre se sintió ridículo, como un adulto compitiendo contra niños en una carrera de sacos.

Mi hermano Josemi también debía de estar metido en asuntos del sindicato. Josemi había acabado la mili un par de meses antes y todavía no había encontrado trabajo. Se pasaba el día visitando empresas y oficinas de contratación, y mi madre se quejaba de que casi no le veíamos el pelo. Pero había también noches en que no venía a dormir y noches en que llegaba a altas horas, cuando hacía bastante rato que yo me había acostado, y, aunque él nunca decía nada, yo estaba segura de que le molestaba tener que compartir cuarto conmigo, su hermana pequeña, y de que deseaba largarse de casa y vivir por su cuenta.

Por aquella época hubo dos noches en las que ocurrió algo especial, y Josemi no estaba en casa ninguna de las dos. Una de ellas fue la noche de mi primera regla. Estaba en la cama, leyendo una de esas novelas de aventuras que me regalaba Almudena, cuando noté un líquido caliente que se me derramaba por el interior de los muslos. Era como si me estuviera meando encima y no pudiera hacer nada para evitarlo. Aparté alarmada las mantas y descubrí una mancha roja sobre la sábana. Yo ya sabía lo que era aquello porque muchas niñas de mi escuela la habían tenido antes que yo y no hablaban de otra cosa en los recreos. Mi primera reacción fue volver a taparme e intentar leer. Hacer como si nada hubiera pasado: en el fondo, no me hacía mucha gracia eso de abandonar la niñez y convertirme en mujer, que es lo que las niñas de mi escuela decían que ocurría cuando te venía la regla por primera vez. Luego pensé que aquella mancha no podía quedar así y, tratando de no hacer ruido, me levanté y retiré la sábana. La dejé en una esquina de la habitación y salí al cuarto de estar.

Mis padres estaban viendo un concurso en la televisión, él medio dormido, ella trabajando en un nuevo tapete de ganchillo para regalar al médico. Mi padre dio un respingo y volvió un instante la mirada hacia mí, y yo pensé que lo adivinaría todo, que habría algo en mi expresión o mi forma de comportarme que me delataría. Pero no. Mi padre entrecerró nuevamente los ojos y mi madre, inmutable, siguió con su tapete y su concurso de televisión, y ése fue uno de los momentos en que con más fuerza deseé que mi madre fuera de otra manera, que fuera una madre dulce y cariñosa a la que poder abrazarme sin venir a cuento, a la que poder susurrar al oído: Me acaba de venir la regla. Me metí en el cuarto de baño, me quité el pantalón del pijama. Me lavé un poco y lavé también el pantalón, que luego sequé con el secador de pelo, y entonces mi madre gruñó desde el cuarto de estar: ¿Se puede saber qué estás haciendo? Hace tiempo que tendrías que estar dormida. Eso me molestó. Me molestó que mi madre no se hubiera dado cuenta de nada y que ni siquiera en una ocasión tan excepcional como aquélla pudiera librarme de su mal carácter.

Iba a coger una de sus compresas del armarito pero me lo pensé mejor. ¿Realmente tenía interés en que mi madre acabara enterándose y se estableciera entre nosotras algún tipo de conversación íntima, esa conversación que, al parecer, mantienen las madres con sus hijas cuando éstas, como decían mis compañeras, abandonan la niñez para convertirse en mujeres? No, yo no estaba preparada para una intimidad así, de modo que corté un buen trozo de papel higiénico, lo doblé bien doblado y lo sostuve como pude entre los muslos. Luego, sujetándomelo con disimulo, crucé el cuarto de estar y volví sin decir nada a mi habitación. Mi padre se había quedado dormido en el sillón, mi madre seguía con su tapete de ganchillo y yo, antes de cerrar la puerta, eché un último vistazo a su perfil arisco y concentrado y me juré a mí misma que se lo ocultaría, que durante todo el tiempo que me fuera posible le haría creer que aún era una niña. Sería ésa mi pequeña venganza.

La otra noche a la que me refería fue la del registro, y en esa ocasión fue una suerte que Josemi no estuviera en casa porque, si no, seguro que le habrían detenido. Los dos policías iban de paisano, con unas corbatas anchas y floreadas y unas americanas algo gastadas, con brillos en los hombros y en los codos. Les abrió la puerta mi madre. Ellos se identificaron y mostraron la orden de registro. Mi madre se echó a un lado y les dejó pasar, y los policías, como si hubieran estado muchas veces antes en ese piso y lo conocieran a la perfección, acudieron directamente a mi cuarto, que era desde donde yo lo estaba viendo todo, y empezaron a sacar de debajo de mi cama los paquetes envueltos en papel de estraza. Hablaban poco aquellos hombres, lo menos posible. Uno de ellos, el que parecía tener más autoridad, señaló la cama de Josemi y preguntó quién dormía ahí. Se lo preguntó a mi madre pero ésta tardaba en contestar y yo dije: Es la cama de mi hermano Josemi pero no está. ¿Dónde está? En la mili, dije, y entonces temí que Josemi pudiera aparecer en cualquier momento y mi mentira quedara en evidencia.

Los policías no tenían ninguna prisa. El que parecía el jefe encendió un cigarrillo y se sentó en mi cama. Probó con un par de golpes los muelles del colchón y dijo: Voy a tener que comprarle una cama al mayor. Y así ya tendremos la cuna del nuevo... No nos lo dijo a nosotras sino a su compañero.

Hablaba, de hecho, como si mi madre y yo no estuviéramos delante, y el otro asintió con la cabeza: ¿Para cuándo? Para mayo. Pero ya sabes que a mi mujer siempre se le adelantan... Hicieron aún algún comentario más sobre embarazos y mobiliario doméstico, y nosotras dos nos miramos sin saber qué hacer. Luego aquel hombre tiró la colilla y la apagó con la suela del zapato. Y entonces dijo, mirando a mi madre: Su marido no es mala persona. Sólo un poco tonto. Tendría que elegir mejor sus amistades. Ya sabe a qué me refiero. Comunistas, subversivos... Luego señaló los paquetes y dijo: Mire. Lo dijo con aire cansado, casi con resignación, como diciendo: ¿Qué se puede esperar de alguien que guarda cosas de ésas debajo de la cama de su hija?

El otro tuvo que hacer varios viajes hasta el rellano para sacar todos los paquetes y mi madre preguntó: Pero ¿qué ha hecho? ¿No ha visto usted las pintadas? ¿Cuáles?, ¿las del dispensario? El policía asintió con la cabeza: Le cogimos con los botes de pintura. Estaba con otros dos pero consiguieron escapar. Entonces señaló el último de los paquetes y dijo: Y además está esto, que es bastante más grave. ¿Qué va a ser de él?, preguntó mi madre. Y yo qué sé..., contestó el policía, que luego añadió: Pero un escarmiento tampoco le vendrá tan mal.

Fue aquélla la segunda vez que le detuvieron, y recuerdo que, durante los más de dos meses que pasó en Carabanchel, mi madre nunca quiso que fuera con ella a visitarle. En realidad, casi ni me hablaba de él, y yo sólo me enteraba de que había ido a verle por las cartas que luego encontraba encima de mi cama. Me gustaban las cartas de mi padre, con esas cosas tan bonitas que decía sobre el barrio lleno de pájaros, de música y de jardines en el que las niñas como yo merecíamos vivir, con esas descripciones más bien sosas sobre la vida en la cárcel, incluso con esos párrafos finales, llenos de interrogativas, que cambiaban muy poco de una carta a otra: ¿y tú qué tal?, ¿cómo te van las clases de ballet?, ¿y las otras, las de la escuela?, ¿ayudas a tu madre en las cosas de casa? Yo, en vez de cartas, le mandaba dibujos. Dibujos de playas y de cielos despejados y de verdes paisajes repletos de animales, siempre dibujos de espacios abiertos, porque me parecía que eso era lo que más podía alegrar las paredes de su celda. Le daba los dibujos a mi madre y le decía: Dile que me acuerdo mucho de él. Y mi madre no me decía nada y supongo que luego tampoco le decía nada a él, y yo me daba cuenta de lo mal que lo estaba pasando, de lo mucho que la hacía sufrir el hecho de tener al marido en prisión.

Durante aquellos dos meses y pico, salía de casa lo menos posible porque no le gustaba que la gente del barrio le preguntara por él, y eso a pesar de que allí todo el mundo tenía algo que ver con el sindicato y veía con simpatía a los trabajadores que, como mi padre, eran detenidos por repartir octavillas o participar en huelgas y manifestaciones. Para mi madre, en cambio, la cárcel era la cárcel, y estoy segura de que, si no quería que yo la acompañara en aquellas visitas, era sobre todo por vergüenza, porque la avergonzaba pensar que alguien, incluida yo, pudiera verla a la entrada de la prisión o en la zona de los locutorios, observada con recelo por los funcionarios y los policías, mezclada con los familiares de otros reclusos que esperaban el turno de visitas.

Mi madre estaba en aquella época más amargada que nunca, y sólo hablaba con Josemi y conmigo para pegarnos gritos y para decir entre dientes que algún día se iría de casa y que a ver cómo nos las arreglaríamos entonces nosotros. Y la verdad es que esa amargura suya estaba ahora bastante justificada, porque las cosas no nos podían ir peor. Con mi padre en la cárcel y Josemi sin trabajo, nos veíamos obligados a pasar el mes con lo que ella ganaba haciendo camas y fregando suelos, un dinero que no creo que alcanzara ni para pagar las letras del piso, y a esas estrecheces había que sumar la incertidumbre en torno al futuro: ¿cuándo soltarían a mi padre?, ¿y qué multa le impondrían?, ¿lo readmitirían entonces en la fábrica de colchones? Recuerdo que aquellos días mi madre me daba el dinero justo para los billetes de autobús y que para comer nos ponía siempre lo más barato que había: coliflor o acelgas con patatas la mayoría de los días, arroz blanco con huevo frito una vez a la semana, sardinas o magras de cerdo otra.

¡Se nos va a acabar quedando cara de acelga!, protestaba Josemi al ver su plato, e inevitablemente mi madre y él se enzarzaban en una discusión. ¿Qué te apetece? ¿Solomillo, pechuga de pollo, costillas de cordero? ¡Pues te pasas por la tienda y compras de todo!, decía mi madre, y mi hermano replicaba: ¿Y de dónde saco el dinero? ¡Como no atraque un banco...! Y mi madre: ¡Eso! ¡Atraca un banco! ¡A ver si te cogen y acabas haciendo compañía a tu padre! Y mi hermano: ¿Sabes qué te digo? ¡Que no me importaría! ¡En la cárcel seguro que comen mejor que aquí! Aquellas discusiones me recordaban mucho las que mi madre sostenía con mi padre, y yo pensaba que Josemi y él no eran en el fondo tan distintos. Lo único que cambiaba era que mi padre solía darlas por concluidas con un buen grito, y punto y basta, y que con Josemi mi madre se sentía autorizada a decir la última palabra, de modo que mi hermano acababa dando un portazo y largándose de casa, y entonces mi madre se asomaba a la ventana y gritaba en voz bien alta, para que todos los vecinos lo oyeran: ¡Si pasas por la carnicería no te olvides de comprar solomillo!

Una mañana, estando en clase, llamaron a la puerta y entró Marisa. Llevaba puesta la bata de la peluquería. Se acercó a la maestra, le dijo algo al oído y luego se acercó a mí. Tu padre, me dijo nada más. Salí con ella a la calle y en ese momento mi padre pasaba por ahí con una pequeña bolsa de ropa a la espalda. ¡María!, gritó. Eché a correr hacia él, que me agarró con sus fuertes manos y me acomodó en sus hombros como solía hacer algunos años antes, cuando yo era aún una niña pequeña.

Y entonces empezaron los aplausos. De los portales y comercios cercanos salía gente que nos aplaudía y nos felicitaba. ¡Enhorabuena!, gritaban. ¡Por fin te han soltado!, gritaban. ¡Bienvenido al barrio!, gritaban, y mi padre y yo saludábamos con ambas manos a uno y otro lado, como los Reyes Magos en la cabalgata de televisión. Enseguida apareció Josemi, que se abrazó a mi padre y echó a andar junto a nosotros, y poco a poco se fue formando detrás de nosotros un pequeño cortejo. Entre los que nos seguían estaba, por supuesto, Antón, con ese aspecto suyo de Jesucristo crucificado, y estaban también varios de los hombres que solían venir por casa a recoger paquetes.

Entramos todos en un bar y los adultos pidieron vino para brindar por mi padre y por el dispensario, y Marisa, que además de bailarina y peluquera era un poco poeta, leyó unos versos bastante cursis. Unos versos que hablaban de amor y de amistad y que acababan con un te queremos, compañero, como la ola quiere a la playa y la nieve a la montaña. Luego tomó la palabra Antón, que elogió a mi padre por su coraje cívico, y yo le miraba y me sentía orgullosa de él, aunque no sabía muy bien en qué consistía eso del coraje cívico. Y no sólo me sentía orgullosa de mi padre sino que le comprendía. Comprendía que se hubiera metido en aquellos líos políticos e incluso que estuviera dispuesto a ir a prisión por reclamar el dispensario. Un recibimiento como éste hace que hasta la cárcel haya valido la pena, pensé que pensaba mi padre, y también pensé que ahora él había conseguido lo que en el fondo andaba buscando: volver a ser alguien, sentirse querido y respetado por la gente del barrio como se había sentido por la de la colonia.

Mi madre, por supuesto, no acudió al bar, pero

eso tampoco me extrañó porque ella no era muy amiga de bares y cafeterías. Fuimos después a casa y, aunque la encontramos regando distraída sus geranios, yo estuve segura de que sabía lo de mi padre y le estaba esperando. Su acogida, sin embargo, no pudo ser más fría. Ah, ya estás fuera, dijo, mirando a mi padre, y yo pensé que, en una situación así, lo normal sería que la mujer corriera a echarse en brazos del marido y que se dieran un beso muy largo y hasta derramaran alguna lagrimita. Pero mi madre no era amiga de dar besos ni de derramar lágrimas, como tampoco lo era de bares y cafeterías, y el reencuentro consistió en poco más que ese ya estás fuera de mi madre y el sí, por fin con que mi padre le contestó.

Luego mi padre dijo que le habían readmitido en la fábrica, y por un momento pareció que la buena noticia era ésa y no que hubiera salido de la cárcel después de dos meses y pico. Me han readmitido y mira: me han adelantado el sueldo, añadió, dejando sobre la mesa un sobre de color verde claro. Mi madre alargó la mano hacia el sobre y sacó unos cuantos billetes de mil. Con aquel dinero se acababan nuestras penurias pero ella ni siquiera fue capaz de sonreír o soltar un suspiro de alivio, y lo único que dijo fue: Para pagar deudas. Así era mi madre, siempre aguándonos la fiesta, siempre a disgusto con todo, y aquella reacción suya me irritó tanto que hubiera querido tener más aplomo para marcharme de allí dando un portazo. Pero nadie se marchó dando un portazo: ni mi padre ni mi hermano ni yo. Mi madre se metió aquellos billetes en el bolsillo del delantal y me tendió el sobre vacío para que lo guardara en el mueble del televisor, que era donde guardábamos los sobres sin usar, las hojas en blanco y los bolígrafos de propaganda.

9

A la tía Amalia sí que le hablé de mi primera regla. Las clases de ballet, a las que cada vez faltaba con más frecuencia, se habían convertido en una simple coartada para pasar las tardes con ella. Dejaba mi bolsa en el hueco de la escalera y acompañaba a mi tía a hacer compras y recados, y llegó un momento en que ni siquiera hacía falta que yo dijera es que tengo clase y que ella me replicara por un día que te la pierdas... Ya he dicho antes que entre nosotras existía una especie de código privado y que no necesitábamos muchas palabras para entendernos y hacernos entender.

Algunas de esas tardes la tía Amalia me esperaba ya lista para salir, yo me ponía alguno de los vestidos que ella me había comprado y nos íbamos a comprar vino o champán porque esa noche tenían invitados a cenar, o a recoger unas invitaciones para el teatro, o simplemente a tomar una cocacola en alguna cafetería. También por supuesto íbamos a ver zapaterías y tiendas de ropa, que en aquella época era lo que más ilusión me hacía, y yo ya no trataba de resistirme cuando ella insistía en comprarme un vestido o una falda o un pantalón. ¿Cómo iba a resistirme, si aquellos vestidos y aquellas faldas y aquellos pantalones eran la única ropa bonita que tenía, la única que me permitía mirarme al espejo y pensar: Ésta eres tú, María, y no la niña mal vestida de hace un rato o de dentro de un rato? Lo curioso era que ya no tenía la sensación de estar engañando o traicionando a mi madre, o cada vez la tenía menos, y a menudo me preguntaba si de verdad esa María era menos real que la otra, si esa ropa de niña rica que me ponía durante esa hora y media o dos horas era sólo un disfraz o si, por el contrario, me había acabado convirtiendo en una niña rica que durante el resto del día jugaba a disfrazarse de pobretona y a vivir en un barrio obrero que hasta carecía de dispensario.

Lo mío tenía algo de cuento infantil. Cuando llegaba la hora de marcharme, es decir, cuando llegaba la hora en que debía estar acabando mi clase de ballet, corría a quitarme la ropa que esa tarde llevaba y a ponerme la que había traído puesta del barrio, y el autobús de vuelta era la carroza convertida de golpe en calabaza, con aquellos trabajadores adormilados después de la larga jornada y aquellos paisajes de extrarradio, tan desolados, tan feos.

Una de esas tardes, cuando me estaba desvistiendo para salir, la tía Amalia me acarició la camiseta a la altura del pecho y exclamó: ¡María...! Sí, me estaban creciendo unas pequeñas tetas y, si mi madre seguía sin darse cuenta de nada, mi tía lo había notado a la primera. ¿Hace cuánto que...?, me preguntó. El mes pasado, contesté, ruborizada pero orgullosa, y ella me dedicó una sonrisa que nunca podré olvidar, una sonrisa cargada de afecto y de ternura, y luego me abrazó con fuerza y susurró: Mi niña, mi niña, mi pequeña María, cómo pasa el tiempo... Así, así era como yo pensaba que una madre debía comportarse en una situación como ésa, y otra vez, como tantas veces antes, deseé con toda mi alma que las cosas hubieran sido de otra manera: que mi madre no hubiera sido mi madre sino una pariente más y que ella, la tía Amalia, hubiera sido mi verdadera madre.

Había también tardes en que no salíamos. Eran ésas las tardes en que me gustaba sentarme en la escalera de caracol porque era como estar al mismo tiempo en el piso y en la tienda. Desde ahí no se me escapaba el menor detalle. Estaba atenta a todo, a la gente que entraba y que salía, a los comentarios que hacían, a su forma de vestir, a sus gestos, y en todo encontraba algo que imitar y que aprender. Estaba también atenta a las cosas del piso porque ahí estaba la vida que a mí me habría gustado poder vivir las veinticuatro horas del día. Ya he dicho que el mobiliario cambiaba sin cesar. Eso hacía que siempre hubiera novedades que despertaran mi interés: una panoplia que había sido sustituida por un bodegón, unas vitrinas gemelas que habían dejado su sitio a un buró de nogal y un tibor japonés, una colección de sables o de bastones que desaparecía. Y eso hacía también que aquel piso pareciera haber sido objeto de un extraño hechizo y que yo me moviera por él como por un sueño, con aquel vestido ibicenco o con cualquiera de los otros, todos igualmente vaporosos y que a mí me recordaban los de las hadas de los cuentos y las películas.

Algunas de aquellas antigüedades duraban tan poco en el piso que ni siquiera llegaban a utilizarse, y había, por ejemplo, muebles cuyos cajones permanecieron siempre vacíos. Cuando un mueble se llenaba de objetos, podía ser por dos razones: porque Alfonso pensaba que, como él decía, no tendría fácil salida, o porque le gustaba tanto a la tía Amalia que no estaba dispuesta a desprenderse de él así como así. Su mueble preferido en aquella época era una mesa que había en una esquina de su dormitorio. Una mesa (esto no lo sabía, lo supe entonces) de ébano de Macasar, estilo art déco, con pies en forma de volutas: así era como lo describía el catálogo de la tienda. Fue en esa mesa, en uno de sus dos cajones, donde encontré varios sobres de color verde claro. Eran los sobres que la tía Amalia empleaba en su correspondencia privada. Eran también los sobres en los que mi padre traía cada mes su sueldo de la fábrica.

Lo primero que hice aquella noche en cuanto llegué a casa fue acudir al mueble del televisor. Desde luego, eran los mismos sobres. ¿Podía tratarse de una simple coincidencia? Una sospecha empezó a formarse en mi interior, y a la mañana siguiente me desperté a tiempo de desayunar con él. Menudo madrugón, me saludó. He quedado con una amiga para preparar un examen, dije, aunque todos en el barrio sabían que yo era una niña sin amigas. Dejé pasar unos segundos antes de asomarme a la ventana. Era todavía de noche, y a la luz de las escasas farolas vi a un par de hombres que caminaban hacia la parada del autobús ateridos de frío.

Mi madre estaba en la cocina, haciendo salsa de tomate y poniendo los macarrones a cocer. En casa siempre comíamos comida recalentada porque mi madre sólo tenía tiempo de prepararla a esas horas de la mañana. Bueno, me voy, dijo mi padre poniéndose su gruesa chaqueta de lana y cogiendo su fiambrera. Volví a asomarme a la ventana y al cabo de un instante le vi cruzar la calle. Yo también me voy, dije. Corrí escaleras abajo, la cartera con los libros colgada en bandolera.

Mi padre avanzaba, encogido, echándose aliento en las palmas de las manos, unos doscientos metros por delante de mí, y yo no quise acercarme más por temor a ser descubierta. Pasó por el bar en el que habíamos celebrado su excarcelación y por mi escuela, pasó también por el polideportivo y por el campo de alfalfa en el que algún día construirían el dispensario, y yo le seguía a la distancia, sin perderle de vista ni un momento. Al otro lado del campo de alfalfa estaban las vías del tren. Luego había que cruzar un pequeño huerto y una carretera, y allí empezaba el polígono industrial en el que estaba la fábrica. Cruzó mi padre las vías del tren y el huerto y la carretera, pero no entró en el polígono sino que se encaminó hacia una gasolinera cercana que se llamaba Perales II.

Aquella gasolinera tenía una cafetería algo mugrienta que no cerraba nunca. Mi padre se metió entre las furgonetas aparcadas ante la puerta y entró en la cafetería. Hacía tanto frío que los cristales estaban empañados, y a través de ellos se adivinaban las siluetas de unos cuantos hombres que tomaban café en la barra. Cualquiera de esas siluetas podía ser la de mi padre. Después todos esos hombres fueron saliendo y sólo quedó uno. Mi padre. El vaho no me impidió verle coger su gruesa chaqueta de lana y su fiambrera e ir a sentarse a una de las mesas. A la mesa, casualmente, más cercana a mí. Pero mi padre no podía verme. Estábamos a menos de un metro, y él no podía saber que yo le estaba viendo y que me entristecía pensar en lo que tenía que hacer para no levantar sospechas en mi madre: simular que todo seguía como antes de la cárcel, salir de casa como si fuera al trabajo y no volver hasta el final de la jornada, pasarse las horas de aquí para allá, matando el tiempo en cafeterías como aquélla, siempre con la fiambrera a cuestas y la dignidad herida. ¿No habría sido más fácil decir la verdad? Decir que en las fábricas casi nunca readmitían a los trabajadores incómodos, que era la forma más común de represaliar a los que participaban en actividades clandestinas y acababan siendo atrapados por la policía. ¿No habría sido más fácil eso? Sin duda, pero en casa había tantas cosas que callábamos u ocultábamos, tantas que falseábamos para no contrariar a mi madre... Cuando me marché de allí empezaba a clarear, y mi padre había apoyado la cabeza sobre una de sus manos y me pareció que se había quedado dormido.

Aquella mañana descubrí que las cosas casi nunca son como aparentan, que vemos sólo una pequeña parte y creemos que lo estamos viendo todo, cuando lo más importante permanece oculto, sumergido, como dicen que ocurre con los icebergs. Había podido descubrirlo cuando lo de Estoril, pero entonces era demasiado pequeña y, por otro lado, ¿qué tenía de extraño el que la tía Amalia y Alfonso se movieran siempre entre secretos, simulaciones y mentiras? El hecho de que hubieran acabado siendo condenados por estafa confirmaba precisamente el carácter excepcional de su conducta. Ahora era diferente. Ahora comprendía que eso era normal, que todos (mi padre, mi tía, yo misma, niña pobre por las mañanas, niña rica por las tardes) teníamos algún secreto que esconder, y que la vida era como esos muebles que mantienen un aspecto robusto aunque por dentro están siendo devorados por la termita y que, un buen día, de repente, se desmoronan y se convierten en polvo.

Aquella mañana descubrí un secreto de mi padre y otro de la tía Amalia, y ambos secretos los hacían más hermosos a mis ojos: más abnegado y heroico mi padre, más noble y generosa la tía Amalia, que llevaba meses manteniéndonos sin pedir nada a cambio y sin que nadie lo supiera. Cuando, esa misma tarde, fui a visitarla y me recibió con el clásico ¿qué tal todos?, mi tía no sabía que yo sabía las cosas que ella sabía de nosotros, y sin embargo pensé que aquel secreto suyo no sólo no nos separaba sino que nos unía aún más. ¿Cuándo y dónde se reunía con mi padre? ¿Y cómo serían esos encuentros? Todas las preguntas que ahora me formulaba establecían un vínculo, por pequeño que fuera, entre mis dos vidas, entre mi vida en casa de mis padres y mi vida al lado de la tía Amalia.

Ya he dicho que mi tía tenía dinero, un porrón de dinero, pero eso no le restaba ningún mérito: hay quien tiene mucho más y nunca lo utilizaría para hacer el bien. La tienda de antigüedades era una fuente de ingresos más que saneada, y los continuos cambios en el mobiliario del piso daban fe de ello: cada cuadro, cada mueble que desaparecía del salón o el pasillo era un nuevo indicio de prosperidad. En la tía Amalia y en Alfonso no existía la preocupación, no al menos esa preocupación sombría y resentida de la escasez, ese temor al futuro inmediato que yo tantas veces había percibido en el rostro de mis padres. Así era entonces y así pensaba yo que siempre sería, y sin embargo hubo una tarde en la que les vi intercambiar una mirada y me acordé de mis padres, de la expresión resignada y fatalista con que acogían cada noticia sobre el posible cierre de la colonia.

No fue aquélla una tarde cualquiera. Fue la tarde de la reaparición del señor Torres. Alfonso y mi tía estaban en la tienda, hablando de cierta subasta benéfica que un par de meses después debían organizar. Yo, con un vestido como de fiesta, de color beige y largo hasta los pies, que la tía Amalia me acababa de regalar, les escuchaba sentada en la escalera. Mi tía decía que era un incordio tener que vaciar el local y Alfonso argumentaba que no les quedaba otro remedio: Cada año la organiza un anticuario y éste nos ha tocado a nosotros. Piensa en los nuevos mercados que eso nos puede abrir: clientes de los buenos, todo el circuito de las subastas. Alfonso siempre era así de optimista y le gustaba utilizar expresiones que parecían sacadas de las páginas de economía de los periódicos: los nuevos mercados, el circuito de las subastas. ¿Nosotros qué pieza vamos a donar?, preguntó la tía

Amalia, y él, en broma, contestó: Había pensado en una mesa que tenemos en el dormitorio... Se refería, claro está, a la favorita de mi tía, de ébano de Macasar, estilo art déco, etcétera, la mesa en la que guardaba los sobres de color verde claro, y ella le echó las manos al cuello como para estrangularle y exclamó: ¡Ah, no! ¡Eso sí que no! ¿Por qué no, si es tan fea? ¿Fea? ¡Aquí el único feo eres tú!

Jugaban. Hacían como que discutían y al mismo tiempo reían, y yo me acordaba de mi casa, en la que las discusiones iban siempre en serio y casi nunca reíamos. Y fue entonces cuando vi la oronda figura del señor Torres detenerse delante del escaparate. Llevaba un loden verde y una gorra a cuadros y, a pesar de la ropa y el lugar, lo reconocí al instante, como si no estuviéramos en invierno y en Madrid sino en verano y en Estoril, dos años y medio antes.

Yo le vi primero. Luego le vio Alfonso y finalmente mi tía, que aún fingía querer estrangularle y se paró en seco. Todavía no era de noche. Había más luz en la calle que en el interior de la tienda, y los tres vimos cómo el señor Torres acercaba la cara al escaparate y cómo se ponía una mano en forma de visera y entornaba los ojos para ver mejor. Y vimos también cómo nos veía, el rostro inexpresivo, la nariz pegada al cristal, y cómo se apartaba despacio, echaba un último vistazo al rótulo de la tienda y se marchaba por donde había venido.

Miré a la tía Amalia y a Alfonso, que permanecían inmóviles y en silencio. Era él, dije nada más, y ellos volvieron hacia mí una mirada como la que ya he dicho, cargada de fatalismo y de alarma.

Y yo pensé que era como si lo hubieran estado esperando, como si siempre hubieran sabido que algún día ese hombre averiguaría su paradero y viajaría desde Valencia sólo para echarles una ojeada desde la calle, la nariz pegada al cristal, el rostro inexpresivo.

10

Cumplí trece años, pasaron las Navidades y comenzó el año setenta y dos, el peor de mi vida. Primero ocurrió lo de Josemi y Gloria, después lo de la nueva detención de mi padre, más tarde lo de... En fin. Empezaré por el principio, por la mañana aquella en que me despertó un llanto que procedía del cuarto de estar.

Era un llanto de mujer, pero no se trataba de mi madre, a la que yo nunca había visto llorar. Abrí la puerta. Sentados en torno a la mesa estaban mi madre, mi hermano y una chica a la que yo no conocía. ¿He hablado ya de esos secretos que todo el mundo esconde? Aquella chica, Gloria, formaba parte del secreto de Josemi. Porque no sólo yo, tampoco mis padres sabían que mi hermano tuviera novia. Tienes el desayuno en la cocina, me dijo mi madre sin volverse. Asentí con la cabeza y miré a la chica, que lloraba en silencio y se limpiaba las lágrimas con un pañuelo. Era muy joven, apenas dos o tres años mayor que yo, y no hacía falta ser especialmente sagaz para comprender que estaba embarazada. Entré en la cocina y calenté un poco de leche. Y ahora ¿qué vais a hacer? No tienes trabajo, dijo mi madre. Nos arreglaremos, replicó mi hermano, tan desabrido como ella. ¿Dónde vais a vivir? Porque lo que es aquí... ¡Ya te he dicho que nos arreglaremos!

Entonces mi madre dio un golpe en la mesa y gritó: ¡A mí no me grites! ¡Vas por ahí dejando preñadas a las chicas y luego me las traes a casa para que vean cómo me gritas! Esta vez Josemi no dijo nada, y los lloros de Gloria volvieron a hacerse audibles. Con el vaso de leche en la mano me asomé al cuarto de estar. Mi madre se había levantado y ahora daba la espalda a mi hermano y a su novia. Una boda de penalti..., murmuró ella con rencor, como si ella misma no hubiera tenido que improvisar una boda igual veinte años antes: debe de ser cosa de familia. Nos casaremos el mes que viene, ya hemos hablado con el cura, dijo Josemi en un tono que me recordó mucho al de mi padre cuando se enfadaba, y punto y basta.

Pero a mí la que me daba pena era Gloria. Yo, que ni por asomo sabía lo que era mantener relaciones con un hombre, estaba incondicionalmente del lado de esa chica no demasiado guapa que lloraba y moqueaba sin cesar y, por supuesto, estaba en contra de mi madre, que seguía sin saber lo de mi regla. ¿Cómo habría reaccionado si en vez de esa chica fuera yo la que le anunciara un embarazo así? Por un momento me imaginé a mí misma ocupando el lugar de Gloria, y el dolor que eso habría causado a mi madre me produjo, no puedo negarlo, un placer perverso e irresistible.

Mi hermano hizo un gesto en dirección a la chica. Vámonos, Gloria, dijo. Supongo que irás a decírselo a tu padre, dijo mi madre. Ya se lo diré después, dijo él a modo de despedida. ¡Hijo desnaturalizado...!, murmuró mi madre con la voz vibrante, como si echara una maldición. Yo creo, sin embargo, que eran precisamente las adversidades las que la hacían sentirse en su salsa, y estaba segura de que entonces haría lo que en efecto hizo: entrar en su cuarto y ponerse zapatos y ropa de calle. No vayas, le dije. ¿Qué dices?, preguntó, aunque me había oído perfectamente. Que no vayas a la fábrica, deja que se lo diga Josemi, contesté. Mi madre no me hizo ni caso. Se detuvo un instante ante el espejo que teníamos al lado del perchero y se pasó una mano por el pelo. Luego, cosa curiosa, cogió el viejo abriguillo de paño que se ponía cuando quería ponerse de tirios largos, y yo me dije que tenía que impedirlo. Tenía que impedir que saliera de allí y fuera a la fábrica porque entonces seguro que descubriría la verdad sobre mi padre y su inexistente trabajo. Tenía que impedirlo, sí, pero cómo. Me interpuse entre la puerta y ella, y repetí: No vayas. Mi madre me observó con una atención desconocida en ella. Seguramente fue ése el momento en el que empezó a notar que algo había cambiado en mí, que yo no era ya la niña callada y sumisa de siempre.

Pero ¿se puede saber qué te pasa?, me dijo. ¿Por qué quieres decírselo tú?, ¿tanto te gustan las malas noticias?, pregunté, y después de una pausa añadí: Si nos hubiera tocado la lotería no correrías a decírselo. Mi madre siguió mirándome con la misma atención de unos segundos antes, con el ceño fruncido, como si estuviera esforzándose por reconocerme, y yo me pregunté cuál sería su reacción.

Me pareció que igual podía pegarme una bofetada que quitarse el abrigo y darme la razón. Y sin embargo acabó haciendo lo que tenía previsto: abrir la puerta y salir.

Tuve que apartarme para dejarla pasar. Me asomé después al hueco de la escalera y la seguí con la mirada, primero su nuca, su espalda, sus piernas bajando hasta el siguiente piso, luego sólo su mano y el extremo de su manga rozando la barandilla hasta que por fin llegó abajo y desapareció de mi vista. Y ahora yo estaba sola y sabía que ella había intuido el cambio que se había producido en mí. Me metí en el cuarto de baño para ducharme y cambiarme de ropa y estuve varios minutos mirándome desnuda ante el espejo. Mirando mis hombros huesudos, mis pechos pequeños, mis costillas marcadas, mis caderas algo más anchas que el año anterior, el vello oscuro de mi pubis. Mirando también mi largo pelo castaño y mis labios finos. Quería ver lo que mi madre había visto en mí, percibir los mismos cambios que ella había percibido, y ese cuerpo y esa cara y ese aspecto a los que todavía no me había acostumbrado me parecieron provisionales, como un vestido prestado que tarde o temprano tendría que devolver. Pero también me parecieron hermosos y, antes de ponerme la ropa y disponerme a salir, dediqué una sonrisa a mi propio reflejo.

Supongo que mi madre no habrá podido olvidar aquel día. En apenas un rato descubrió muchas cosas que habían de cambiar su vida. Descubrió que su hijo iba a ser padre y se marchaba para siempre de casa. Descubrió, o al menos intuyó oscuramente, que su hija había dejado de ser una niña. Y descubrió también que su marido no tenía trabajo y llevaba meses mintiéndole. Yo nunca supe qué fue lo que le dijeron en la fábrica y ni siquiera supe si le dijeron algo, pero que lo descubrió es seguro, aunque por la tarde, cuando mi padre llegó a casa con la fiambrera vacía y cansado de vagabundear, fingió no saber nada.

¿Te has enterado o no?, le preguntó. ¿De qué?, dijo mi padre. De lo de Josemi. Tiene una novia y está embarazada, dijo ella. ¡Vaya por Dios!, exclamó él. Yo sabía que mi madre sabía lo de mi padre porque esa actitud no era normal en ella. Se la notaba insegura, titubeante, como cuando nos despertamos en una habitación que no es la nuestra y tenemos que detenernos a pensar dónde está cada cosa: la puerta, el armario, el interruptor. Lo normal habría sido que mi madre, más amargada que nunca, le hubiera echado la culpa de todo a mi padre. Que le hubiera dicho, por ejemplo: ¡Igualito que tú cuando tenías su edad! ¿Qué se podía esperar de un hijo tuyo? ¡A los hombres como vosotros habría que castraros al nacer! Y sin embargo lo único que le dijo fue que si se había enterado o no y que la novia de Josemi estaba embarazada, y lo dijo sin amenazar y sin gritar, sólo con inquietud, con la misma inquietud que cualquier madre mostraría en una situación así. Luego le dijo otras cosas que yo ya sabía: que la chica se llamaba Gloria, que se casarían en febrero y que ya habían hablado con el cura. Y hubo entonces un silencio muy largo y al final mi madre volvió a hablar: Las bodas cuestan dinero. Tendrás que hablar en la fábrica, pedir un adelanto... Ahora mi madre hablaba con una voz medrosa que yo no le conocía. Hablaba como si quisiera formular una pregunta pero le faltara valor para hacerlo. Como diciendo: Dime que no es verdad, dime que esta mañana me han gastado una broma y que en realidad sí que tienes trabajo, dime que el sueldo que traes a casa te lo dan en la fábrica, dímelo...

Y mi padre se encogió de hombros y dijo lo más parecido a lo que mi madre quería oír. Está bien, un adelanto. No creo que haya problemas, dijo. Pero mi madre no le creyó. Lo supe por la forma escrutadora y ansiosa en que le miró, y lo cierto es que en aquel momento su zozobra me pareció más que justificada. ¿Cuál sería, según ella, la procedencia de ese dinero que todos los meses le entregaba mi padre en un sobre de color verde claro?

La tercera vez que le detuvieron no había hecho nada. Le acusaron de haber asistido a una reunión clandestina de su sindicato, y al oír eso cualquiera pensaría que se trataba de un grupo de conspiradores con antifaces y nombres falsos que se reunían en un sótano sin luz al que sólo podía accederse después de pronunciar una contraseña. La realidad, sin embargo, era mucho más simple. Mi padre y otros seis hombres estaban en la casa de uno de ellos como podrían haber estado en la plaza jugando a la petanca, y de repente llegaron unos policías y se los llevaron a todos. La única prueba que pudieron encontrar para acusarles fue una multicopista en bastante mal estado pero, como algunos de aquellos hombres (Antón y mi padre entre ellos) estaban fichados, tampoco necesitaron mucho más para convencerse de que habían asestado un duro golpe a las estructuras del sindicato.

Los tuvieron un par de días en comisaría y luego, sin dar mayores explicaciones, a unos los dejaron en libertad y a otros los enviaron a Carabanchel. Mi padre estaba entre estos últimos. Antón, en cambio, estaba entre los primeros. Vino a casa y le dijo a mi madre que esta vez no le tendrían encerrado mucho tiempo. Que si a él le habían soltado con los antecedentes que tenía, a mi padre le dejarían salir en dos o tres días. Mi madre, escéptica, negó con la cabeza y dijo: Faltan dos semanas para la boda de mi hijo. ¿Dos semanas?, repitió Antón soltando una carcajada, y yo pensé que aquel hombre no estaba acostumbrado a reír y que su risa sonaba tan falsa como la de los actores de doblaje. Dentro de dos semanas ni se acordará de que ha estado en la cárcel, añadió.

Pero pasaron esos dos o tres días de los que Antón había hablado y pasaron otros dos o tres más, y mi madre iba todos los días a la cárcel a ver a mi padre y cuando llegaba a casa soltaba un ruidoso bufido que quería decir: Sin novedades. Volvió a visitarnos Antón y dijo que había hablado con no sé quién y que, en el peor de los casos, concederían a mi padre un permiso especial para asistir a la boda de su hijo. Eso significaba que lo de las dos semanas había que descartarlo y que, por supuesto, tampoco estaba claro que fueran a darle ese permiso. Así al menos lo interpretó mi madre, que murmuró: En mala hora vinimos a este barrio y te conoció a ti y a los otros como tú... Mi madre, en el fondo, pensaba lo mismo que el policía aquel, el del registro, el que dijo que mi padre no era mala persona, sólo un poco tonto, y que tendría que haber escogido mejor a sus amistades.

Antón no supo qué replicar y se marchó, y durante esa última semana mi madre estuvo pendiente del permiso que debían conceder a mi padre. Un día le aseguraban que no habría problemas y al siguiente le decían lo contrario, y todo quedó en suspenso hasta el último momento, hasta el momento mismo en que la ceremonia debía comenzar en la pequeña parroquia del barrio, el cura ya preparado, los escasos invitados esperando fuera de la iglesia o en los primeros bancos, Josemi paseando nervioso de aquí para allá mientras el Seat 1500 en el que traían a Gloria iniciaba una nueva vuelta a la manzana para dar tiempo a que mis padres llegaran.

Yo aquel día quería estar guapa y me había decidido a ponerme uno de los vestidos que me había regalado la tía Amalia, el vestido beige, largo hasta los pies, el mismo que había estrenado la tarde de la reaparición del señor Torres. Llevaba puesto ese vestido y por encima llevaba un chal de lana con flecos que la mujer del ingeniero Goitia había regalado a mi madre varios años atrás. Tenía frío, claro que sí, pero me parecía mal esperar a mis padres en el interior de la iglesia, y un primo de la novia algo mayor que yo se entretuvo haciéndome unas cuantas fotos. Éramos pocos los invitados, apenas una veintena entre parientes de Gloria, ex compañeros de trabajo de mi padre y amigos de Josemi a los que yo ni conocía, y todos trataban de tranquilizar a mi hermano y le decían que no había prisa, que el cura podía esperar toda la mañana: La boda no empezará hasta que lleguen tus padres.

Decían tus padres, dando por supuesto que a mi padre le concederían el permiso, y nadie supo qué decir cuando al final, procedente de la parada del autobús, llegó mi madre, sola, malcarada y de tirios largos, con sus zapatos de hebilla dorada y su falda gris y su abriguillo de paño cada vez más gastado por el uso. Tampoco ella dijo nada. Se limitó a entrar en la iglesia y a ocupar en silencio el lugar que se le había asignado como madrina de boda. ¿Estás bien?, le preguntó Josemi, y ella dijo las piernas, tengo otra vez las piernas tontas, que era lo que decía cuando se enfadaba pero no tenía nadie cerca a quien echar la culpa.

El comienzo, desde luego, no podía ser peor, con mi padre en la cárcel y mi madre así, hecha un basilisco. Pero al menos era un comienzo. El Seat 1500 pudo por fin dejar de dar vueltas, y Gloria, con un traje de novia que debía de haber sido de su abuela y le sentaba como un tiro, entró del brazo de su padre, un hombre bajito y tostado que parecía más nervioso que los propios novios. El cura, harto de tan larga espera, ni siquiera se molestó en ocultar su irritación y despachó la ceremonia en poco más de veinte minutos. Todo quedó como feo y deslucido, y mi madre no quiso ni sonreír cuando, a la salida, el primo de Gloria se empeñó en hacer varias fotos de grupo. No se negaba a hacerse fotos. Se limitaba a mirar con fijeza y apretar mucho los labios, componiendo una expresión que yo conocía bien. Una expresión que quería decir: ¿Qué he hecho yo?, ¿por qué demonios me tiene que pasar esto a mí? Así era mi madre, siempre amargada, siempre a disgusto con todo y con todos, y yo seguía alimentando mi odio contra ella.

Después de la boda vino el banquete. Yo nunca había estado en un restaurante con mi madre. De hecho, pensé que mi madre podía no haber entrado jamás en un sitio así, a no ser el día de su propia boda, más de veinte años antes, aunque nunca se me ocurrió preguntar si la habían celebrado en su casa, en la cantina o dónde. Y pensé también que, cuando alguien tiene cuarenta y tantos años y come por primera vez en un restaurante, lo menos que puede hacer es manifestar un poco de curiosidad o de excitación o de buen humor. Mi madre no. Mi madre se sentó al lado de Josemi y a mí me hizo sentar delante. Luego le fueron sirviendo los diversos platos, y ella los miraba no con asco ni con desdén pero sí con una indiferencia más bien tensa, como cuando pasábamos en autobús por Nuevos Ministerios o por Cibeles y decía: Nuevos Ministerios, Cibeles.

Es verdad que el restaurante no era nada del otro mundo. Un restaurante de las afueras, espacioso y aún nuevo, con vistas a una carretera en obras, uno de esos restaurantes especializados en bodas baratas y primeras comuniones. Recuerdo que comimos ensalada de piña y gambas, entremeses y merluza en salsa, y que de postre, antes de la tarta nupcial, me trajeron una copa de helado tan grande o casi tan grande como la que había tomado aquella lejana tarde en Estoril. Después sirvieron champán y todos empezaron a brindar y a gritar vivan los novios y yo también brindé y por primera vez probé el champán y, cuanto más contentos estaban los demás, más rabiosa y sombría parecía mi madre, que alzaba la copa con desgana y ni siquiera se la acercaba a los labios.

Los hombres pidieron copas y puros, y un camarero colocó un tocadiscos sobre una silla y lo enchufó. Sonó un pasodoble. Los novios abrieron el baile entre aplausos y al momento se formaron dos o tres parejas más. Un primo de Gloria, no el de las fotos sino otro, me hizo señas para que saliera a bailar con él. Nos iremos enseguida, dijo entonces mi madre. ¿Por qué?, protesté, es la boda de tu hijo. Apareció ahora un nuevo primo de Gloria, moreno y cejijunto como todos sus primos, para sacarme a bailar, y me pareció de mala educación negarme. ¡Nos iremos enseguida!, repitió mi madre mientras yo me levantaba. Bailé primero con un primo y después bailé con otro y con otro más, y al final no sabía ni con quién bailaba porque todos me parecían el mismo. Pero no me importaba. Me sentía a gusto bailando con unos y con otros, sabiéndome guapa con mi vestido beige y largo hasta los pies, sabiéndome admirada por todos aquellos primos morenos y vulgares, por primera vez en mi vida sabiéndome deseada. Me veía a mí misma como a una princesa entre patanes, rodeada de chicos feos y mal vestidos que al sonreír me mostraban sus dentaduras irregulares y sus caries, y lo que más me hacía disfrutar era saber que mi madre me estaba mirando y que me odiaba.

Sí, en aquel momento, animada quizás por los tragos de champán, disfruté pensando que a mi madre le molestaba verme feliz, que envidiaba mi juventud y mi belleza y que acaso, quién sabe, veía en mí a la tía Amalia cuando ésta era joven, guapa y distinguida y mi madre una mujer sin gracia ni atractivo, nacida para servir toda su vida a mujeres parecidas a aquélla, a su hermanastra.

Y entonces sonó *María bonita*, no en la versión que yo conocía sino en otra, pero a mí me gustó lo mismo, y canturreé acuérdate de Acapulco, de aquellas noches, María bonita, María del alma... Bailaba con los ojos cerrados. No quise abrirlos hasta el final de la canción, y mientras tanto me decía a mí misma que aquello era como un mensaje para mí. Que a lo mejor había logrado convertirme en la María que siempre había querido ser, la que hasta entonces sólo había sido unas cuantas horas al día y a escondidas.

La fiesta acabó cuando en la calle ya atardecía y los camareros tenían que preparar las mesas para el turno de noche. Varios de los invitados se habían marchado y los demás se demoraban en las despedidas. Mi madre seguía en su silla. Era la única que permanecía sentada, y yo había dejado de bailar pero ella seguía mirándome con el mismo odio que un rato antes. De repente comprendí por qué me odiaba. Por mi vestido. Por mi vestido beige, largo hasta los pies. Cogí el chal del respaldo y me cubrí los hombros. Me sentía como esas mujeres de las películas que corren a taparse cuando alguien las descubre bañándose en el río. Mi madre ni se movió. ¿De dónde lo has sacado? ¿El qué? ¡El vestido! De Almudena, dije. Es uno de los vestidos viejos de Almudena. No me mientas, dijo ella, Almudena nunca ha tenido un vestido así.

El coraje y la seguridad de media hora antes me habían abandonado por completo. Volvía a ser una niña, volvía a sentirme débil y acobardada, incapaz de plantar cara a mi madre, que se levantó por fin de su silla y me gritó: ¿Por qué no has ido últimamente a tus clases de ballet? De golpe comprendí que lo había adivinado todo. Que sabía lo de mi traición y que nunca me la podría perdonar. ¿Qué pensabas?, volvió a gritar, ¿que no me iba a enterar? Los pocos invitados que quedaban en el salón nos observaban incómodos pero ella no se arredró: ¡Lo sé todo! ¡Sé cómo eres por dentro! ¡Venderías a tu familia por un par de zapatos! ¡Eres igual que...! Mi madre no concluyó la frase y yo me armé de valor y dije: Dilo, di que soy igual que ella, igual que la tía Amalia. Mi madre se había negado a pronunciar su nombre y, al oírmelo decir a mí, no pudo contenerse y me dio una bofetada. Una bofetada fuerte y sonora en mi mejilla izquierda que, más que dolerme, me sorprendió: ella, pese a su mal carácter, nunca me había puesto la mano encima.

Algunos de los invitados trataron de intervenir, ¡señora, por favor!, y Josemi, que había salido a la calle a despedir a alguien, se acercó corriendo a mi madre y la agarró por el codo: ¿Se puede saber qué te pasa...? Entonces mi madre abrió su pequeño bolso pasado de moda y sacó uno de aquellos sobres de color verde claro. ¡Toma!, exclamó con rabia. ¡De parte de tu padre! ¡Gástatelo en lo que te parezca! Josemi cogió aquel sobre sin entender y sacó unos cuantos billetes, y mi madre volvió a clavar en mí su mirada. O sea que también eso lo sabía. Sabía lo del dinero y, sobre todo, sabía que yo lo sabía, y de repente, con aquel pelo despeinado y aquellos ojos brillantes, con aquel ceño fruncido y aquel gesto acusador, la vi como a una bruja horrible. Como a una de esas brujas horribles de los cuentos infantiles. Y fue tal el miedo que sentí que tuve que desviar la vista y salir de allí. Me metí en el cuarto de baño. Me remojé la cara, me miré en el espejo y me dije: No puedo más.

11

Llevaba puesto mi vestido favorito y me negaba a llorar. Quería llegar a la tienda de antigüedades guapa y contenta, con el peinado intacto y la mejor de mis sonrisas. Quería parecer feliz, irresistible, una de esas personas sin rencores ni problemas a cuyo lado todo el mundo quiere estar. Quería decirle a mi tía: Me he ido de casa. Me he ido de casa y no pienso volver. El autobús me llevaba por la Castellana y yo me pasé todo el trayecto repitiendo entre dientes: Me he ido de casa y no pienso volver. Estaba claro: ¿para qué volver a aquella casa, junto a mi madre, que me odiaba y acababa de pegarme un bofetón? ¿Para qué volver a ser la María de antes pudiendo ser la María que yo quería, la de los vestidos bonitos, la que acompañaba a mi tía a las tiendas de modas y a las cafeterías?

Bajé del autobús y desde lejos vi una veintena de personas que esperaban para entrar en la tienda. No es normal, me dije, y de golpe recordé que aquella tarde se iba a celebrar la subasta benéfica que Alfonso y la tía Amalia llevaban semanas preparando. No había imaginado así mi llegada, y eso bastó para descorazonarme. Me quedé a un lado, cerca de aquellos señores y aquellas señoras pero no con ellos. Me quedé ahí, esperando no sabía qué, y luego me eché a llorar. Llegó más gente, toda muy elegante y bien vestida. Eran tantos que tardaban en entrar y acomodarse dentro del local. Desde donde yo estaba, veía que éste había sido totalmente desalojado de muebles y antigüedades y que en su lugar habían colocado varias filas de sillas de tijera, ocupadas ya en su mayoría. Luego oí que alguien me llamaba. ¡María!, oí, ¿qué haces tú aquí? Era mi tía. Me vio así, con aquel vestido y llorosa, y lo adivinó todo. María, ¿qué has hecho...?, me susurró, abrazándome. Ella sabía que mi padre estaba en la cárcel y que mi hermano se acababa de casar, y no necesitaba saber mucho más para deducir que me había escapado de casa. Ven, dijo, sube a casa y arréglate un poco.

Subí. El piso estaba casi vacío. Estaban las camas, las sillas, un par de mesas, pero no quedaba ninguno de esos muebles y esos cuadros valiosos que yo estaba acostumbrada a ver. Tampoco le di mayor importancia. Pensé que los habrían vendido. Que tal vez los habrían llevado al almacén que, según mis noticias, habían tenido que alquilar con lo de la subasta. Me preparé la bañera. Eché un buen chorro de gel y, como aquella vez en el hotel de Estoril, me entretuve viendo subir la espuma. Luego me metí en el agua y pensé que aquello era la felicidad o algo muy parecido.

Mi tía se había quedado abajo, en la tienda, atendiendo a sus clientes. Entró a verme cuando ya me había bañado y estaba secándome el pelo. Parecía contrariada. Permaneció un minuto en silencio, mirándome pensativa, y luego dijo: ¿Ya estás más tranquila? Termina de vestirte. Tengo el taxi esperando en la calle. ¿Taxi?, exclamé, temblorosa, ¿no irás a llevarme a casa? La tía Amalia no contestó y yo insistí: ¡No, por favor! ¡No me mandes de vuelta a casa! ¡Esa mujer me acaba de pegar! ¡Me ha pegado un bofetón en la boda de su hijo! Ella, inflexible, negó con la cabeza: Esa mujer es tu madre y, aunque las dos sabemos cómo es, te quiere. A su manera pero te quiere. Yo junté las manos en actitud suplicante y dije que ahora era diferente, que mi madre lo había descubierto todo: lo de mis clases de ballet y mis visitas a la tienda, también lo del dinero que todos los meses entregaba en un sobre a mi padre... La tía Amalia hizo un gesto de sorpresa porque no sabía que yo sabía lo del dinero y los sobres, pero eso no cambió las cosas. Eres una menor, dijo. ¿No comprendes que no puede ser? No puedes quedarte aquí. Es la ley. ¡La ley!, grité, ¿cuándo te ha importado a ti la ley? Aquello fue un golpe bajo, y mi tía lo acusó. Entrecerró un momento los ojos, emitió un hondo suspiro y dijo con aspereza: He conseguido hablar con tu madre. Le he dicho que estabas conmigo y te encontrabas bien. También le he dicho que dentro de un rato estarás en casa. Ahora termina de vestirte.

Mi tía volvió a la tienda y me dejó otra vez sola. Yo nunca la había visto así, tan seca, tan arisca, y aunque ya me había arrepentido de haberle dicho lo que le había dicho, por nada del mundo pensaba volverme atrás. Con su ayuda o sin ella. Aunque acabara incluso ganándome su inquina. ¿Regresar al barrio, a casa, con mi madre? ¿Para qué?

¿Para estar las dos solas en el pequeño cuarto de estar, odiándonos todo el rato y a conciencia? Antes prefería irme de allí, escapar, echarme a las calles de Madrid y buscar un sitio donde pasar la noche, convertirme en una vagabunda. Sopesé muy seriamente esa posibilidad. ¿Qué era lo peor que me podía ocurrir? ¿Que me acabara encontrando la policía y me devolviera a mi casa? Al menos habría ganado unas semanas, unos días, siquiera unas horas. ¿Que cayera en manos de algún desaprensivo y me ocurriera algo horrible? Bueno, pensé, así las dos llorarán por mí y tendrán algo que reprocharse durante el resto de sus vidas.

El bolso de la tía Amalia estaba colgado del perchero de la entrada. Podía cogerle algo de dinero y dejarle una nota diciendo que se lo devolvería en cuanto pudiera. Con dinero mis posibilidades se multiplicaban: ¿por qué no subirme a un tren, el primer tren que saliera, y dejar que el azar decidiera por mí, y despertar en Sevilla o en Barcelona o en Bilbao, en cualquier ciudad en la que nadie me conociera ni tratara de encontrarme? Estaba ya a punto de rebuscar en aquel bolso cuando oí ruidos a mi espalda. Eran los dos, Alfonso y la tía Amalia, que asomaban por la escalera de caracol, él delante, ella detrás. Alfonso llevaba un traje milrayas con chaleco oscuro y corbata de barquitos, y me pareció que se había puesto brillantina en el pelo. Vamos a acabar con este asunto, dijo con el ceño fruncido. Vas a salir por aquella puerta y te vas a meter en el taxi, ¿está claro? Yo en aquel momento odié a Alfonso y a la tía Amalia. Había acudido a ellos en busca de auxilio y ¿qué había encontrado? Nada. Sólo malas caras y voces autoritarias. Os odio, dije, pero lo dije con la voz entrecortada. ¡María, por favor...!, exclamó mi tía, y yo me tapé los oídos para no escucharla. Me sentía tan débil, tan sola.

Seguí a la tía Amalia hasta el portal y nos metimos en el taxi. Luego el taxi arrancó y ninguna de las dos dijo nada. Yo clavé la mirada en mis rodillas porque no quería ver las calles que me llevaban de vuelta al barrio. No, no quería volver, no quería ver nunca más la cara adusta de mi madre, oír su voz siempre irritada, oler su olor a ajo y a leche agria. Pero el caso era que todo eso iba a formar otra vez parte de mi vida y que no se me ocurría ninguna manera de evitarlo. Empecé a llorar en silencio. No lloraba de dolor, lloraba de rabia. Mi tía entonces me rodeó el cuello con un brazo y me estrechó contra su cuerpo. María, dijo, María bonita... Yo me desasí de su abrazo y me aparté. Luego miré por la ventanilla y vi el paso a nivel que de algún modo señalaba el límite del barrio. Quinientos metros más allá estaban mi casa y mi madre. ¡Me mataré!, exclamé volviéndome hacia la tía Amalia, ¡te juro que me mataré! ¡María, por favor...!, suplicó ella llevándose una mano a la frente. ¿No me crees?, pregunté desafiante, ¿no me crees capaz de matarme? Mi tía no dijo nada y yo pensé que tampoco era tan mala idea: matarme, ¿por qué no? Avanzábamos a bastante velocidad, puede que a setenta u ochenta por hora. Los faros del vehículo iluminaban los matojos pardos y amarillos del arcén, que aparecían y desaparecían en fracciones de segundo. O entonces o nunca. Abrí la puerta del coche decidida a arrojarme contra el asfalto, pero en el último instante la mano de mi tía me agarró con fuerza por el antebrazo y me sostuvo. ¡María!, la oí gritar espantada, y luego oí el brusco frenazo y la voz del taxista profiriendo una blasfemia y, cuando quise darme cuenta, el vehículo estaba ya parado y una nube de polvo entraba por mi puerta abierta.

¿Te has vuelto loca?, ¿te has vuelto loca?, preguntaba la tía Amalia. El taxista volvió a blasfemar y, todavía sobresaltado, salió a comprobar los posibles desperfectos. Yo estaba más asustada que ellos. Nunca en mi vida había visto la muerte tan de cerca. ¿Te das cuenta de lo que...?, empezó a decir mi tía, y yo, ahora sí, me dejé caer sobre ella en busca de su abrazo. El taxista volvió a ponerse al volante y sostuvo con mi tía una breve discusión que yo ni siquiera escuché. Cuando aquel hombre se calló, ella, con la voz aún trémula, le ordenó parar delante de una cabina. Luego me preguntó a mí cuál era el número de nuestra vecina, la del tercero izquierda, que tenía teléfono y nos cogía los recados, y yo se lo dije. Ahora espera, me dijo. Esperé en el coche mientras ella hacía la llamada. Tenía la ventanilla abierta pero el sonido de su voz me llegaba distorsionado y débil, como cuando alguien nos grita en un día de viento. La conversación duró poco, apenas un par de minutos, y luego mi tía me contó lo que le había dicho a mi madre: que yo estaba bastante nerviosa y que sería mejor que me quedara a dormir en su casa. Mi madre había acabado aceptando, y la única condición que había puesto había sido que por la mañana tenía que estar de regreso a tiempo para ir a la escuela. Así que volvemos a la tienda, concluyó la tía Amalia. Verás la subasta, te va a gustar.

Cuando llegamos debía de hacer un buen rato que había comenzado. Fuimos al piso, no a la tienda, y a través del hueco de la escalera de caracol oímos la voz amplificada del director de la subasta, que decía más o menos: Pieza número diecisiete, tienen la descripción en el catálogo. Una preciosa figura de marfil finamente trabajado que debemos a la generosidad de don Mesías Ramírez, de Antigüedades Ramírez. Entonces se oyeron unos aplausos y yo miré a mi tía y dije: Lo siento, siento haberte dicho todas esas cosas horribles... La tía Amalia me dio un beso en la frente y señaló un escalón. Siéntate aquí, dijo, no quedan sillas libres pero desde aquí lo verás bien.

Yo había acabado poco menos que resignándome. No quería pensar en lo que ocurriría al día siguiente y, algo más tranquila que antes, opté por aprovechar aquellas horas y disfrutar del espectáculo. Me senté, pues, en el escalón, que era el sitio en el que me gustaba sentarme cuando estaba en la tienda, y era verdad que desde allí se veía bien. Se veía al público, esos sesenta o setenta señores, todos de aspecto distinguido y con el catálogo en la mano. Se veía el inmenso cartel blanco con los nombres de la tienda, Estoril, del gremio de anticuarios y de la entidad benéfica a cuyos fondos iría destinada la recaudación. Se veía también el atril desde el que un hombre joven con un flequillo muy largo dirigía la subasta.

El precio de salida, decía, es de veinte mil pesetas. Veinte mil, veinticinco mil el caballero de la segunda fila, treinta mil, treinta mil la señora del vestido rojo, ¿alguien da más?, ¿no?, treinta a la una, treinta a las dos, adjudicado a la señora del vestido rojo...

Treinta mil pesetas era mucho dinero en aquella época, desde luego mucho más de lo que un hombre como mi padre podía ganar en un mes, y allí en cuestión de segundos se decidían compras por cantidades así. E incluso superiores. Eché un vistazo al catálogo y vi que lo que allí llamaban un mueble de toilette de inspiración cubista tenía un precio de salida de cien mil pesetas. Había también un pisapapeles de cristal (un valioso Clichy de 1850 según el pie de foto, una bola de cristal con una rosa blanca rodeada de hojas verdes, a fin de cuentas un pisapapeles) de doscientas cincuenta mil. ¡Doscientas cincuenta mil pesetas! ¿Cuántas casas tendría que limpiar mi madre para reunir una cantidad como ésa?

Los muebles más pesados y voluminosos sólo se exponían en fotografía, y de las piezas pequeñas se encargaba ahora la tía Amalia, que era la que las colocaba en una mesa elevada para que todos pudieran verlas. La tía Amalia iba y venía de la tienda a la trastienda, y yo la veía pasar con un reloj de fanal, una colección de abanicos enmarcados, una lámpara estilo Tiffany, un bodegón. La vi también pasar con un estuche forrado de terciopelo, y el del flequillo anunció la pieza más esperada. Mi tía abrió con cuidado el estuche y mostró su contenido. Desde donde yo estaba, sólo vi algo así como una bola de cristal. Era el Clichy que había visto en el catálogo, el pisapapeles de las doscientas cincuenta mil pesetas, y el director de la subasta pidió a Alfonso que se levantara. Él no dijo Alfonso. Él dijo nuestro anfitrión, y también dijo que una donación como aquélla merecía un fuerte aplauso. Y todos aplaudieron, y por un momento pensé que me habría gustado estar allí delante, sosteniendo ese estuche abierto, porque habría sido como si me aplaudieran a mí, como si aquellos caballeros y aquellas señoras fueran padres y madres de niñas ricas y yo fuera la mejor bailarina del colegio.

Entonces comenzó la puja y lo más curioso fue que el propio Alfonso participó en ella. Si alguien decía doscientas noventa, él decía trescientas, y así cada vez, siempre ofreciendo un poco más, hasta que al final se llegó a las cuatrocientas cincuenta y él levantó la mano y dijo con la voz clara y serena: Quinientas mil. ¡Quinientas mil pesetas!, pensé, ¡qué barbaridad! Y lo cierto es que no sólo yo, también los otros parecían bastante sorprendidos ante la actitud de Alfonso, que había sido el que había donado la pieza más valiosa y encima la había recomprado por aquella cifra, un porrón de dinero. El señor Aranaz ofrece quinientas mil. Quinientas mil a la una..., dijo el del flequillo, acallando con la mano los murmullos, y cuando por fin exclamó ¡adjudicado!, la gente volvió a aplaudir, y yo miré a la tía Amalia, que sonreía con despreocupación, y entre tanto una señora (luego supe que era marquesa y que presidía la entidad benéfica) se acercó a Alfonso y le estampó dos sonoros besos de agradecimiento. ¡Ojalá hubiera más gente como usted!, exclamó, conmovida.

La subasta acabó a eso de las nueve y media, y no había más que ver las sonrisas de Alfonso y la tía Amalia para comprender que había sido un completo éxito. ¡Vámonos a cenar por ahí!, dijo él, ¡esto hay que celebrarlo! Fuimos a un restaurante italiano, y yo, por primera vez en mi vida, tomé una pizza, que entonces era un plato raro y novedoso en España. Alfonso y la tía Amalia, excitados, hablaban entre ellos de los precios alcanzados por algunas de las antigüedades, y yo sentía que aquel éxito me pertenecía en una pequeña parte, aunque sólo fuera porque accidentalmente había sido testigo de él. No ha quedado nada sin vender, aún no me lo creo..., decía Alfonso, exultante, y cada dos por tres alzaba su vaso de vino para brindar con la tía Amalia y conmigo.

Qué raro había sido aquel día, cuántas cosas habían pasado. Yo creía que había logrado olvidarme de la boda de Josemi y de la bofetada de mi madre y de mi posterior huida, cuando la tía Amalia hizo un gesto en dirección a mí y dijo: Y tú ¿qué?, ¿todavía triste? Yo habría preferido que no hubiera dicho nada: habría sido más sencillo. No quieres que me quede con vosotros..., dije. No, María, no es eso, tú sabes que no, replicó ella, y luego me acarició la barbilla con dulzura. ¿Entonces?, dije. Entonces, repitió tratando de sonreír, entonces nos vamos a casa, que se está haciendo tarde.

Ayudé a la tía Amalia a hacer la cama de la habitación de invitados. La hicimos casi en silencio, pronunciando nada más las palabras indispensables: estira por aquí, alisa por allá. Luego mi tía me dio las buenas noches y me apagó la luz, y yo (sí, siempre he sido una llorona) no pude evitarlo y me eché a llorar. Mi ilusión por cambiar de vida se había desvanecido por completo.

12

Pero yo entonces tenía una idea totalmente equivocada de lo que iba a ocurrir a continuación. Aquella noche no creo que llegara a dormir un par de horas seguidas. Me desperté de repente y ya no pude volver a conciliar el sueño. A través de las rendijas superiores de la persiana entraba algo de luz, la suficiente para que mis ojos fueran poco a poco distinguiendo volúmenes y contornos en aquella oscuridad: las esquinas de la habitación, las molduras del techo, la bombilla, que colgaba desnuda sobre los pies de la cama. También la puerta, que había quedado cerrada.

Pasó bastante tiempo, tal vez una hora, cuando oí el primer ruido. Fue un ruido sordo, impreciso, como si alguien hubiera dado un traspié o tropezado con algo. Me incorporé en la cama y agucé el oído. Enseguida sonó un nuevo ruido y luego otro más, el primero como un choque contra un mueble, el segundo como un carraspeo o una tos sofocada. Ha entrado alguien en la tienda, pensé. Me levanté y recorrí a ciegas el pasillo. Llevaba puesta una camiseta de mi tía, que me llegaba por debajo de las rodillas, como un camisón. Ya en el salón, me asomé a la escalera de caracol y me pareció distinguir un resplandor lejano y cambiante. Una linterna, pensé. Volví sobre mis propios pasos. Estaba descalza, y andaba de puntillas para que mis pisadas no me delataran. Me detuve ante la puerta del dormitorio principal y llamé suavemente con las yemas de los dedos. No obtuve respuesta. Opté por entreabrir con cuidado aquella puerta y susurrar: Alfonso, tía Amalia..., ¿estáis despiertos? Abrí del todo. En la penumbra distinguí la cama, que estaba sin abrir, la almohada intacta, el embozo sin arrugas. A Alfonso y a mi tía no se les veía por ningún lado.

Volví entonces la mirada hacia el lugar del que procedían los ruidos, y en ese mismo instante sonó un ruido metálico, como si alguien hubiera golpeado una superficie de hierro con la punta de un destornillador. Debían de ser ellos, pero yo no entendía el porqué de tanto sigilo: la linterna, los movimientos furtivos, todo eso. Si eran Alfonso y la tía Amalia, se estaban comportando como auténticos ladrones. Aquello no tenía ningún sentido. Decidí volver a mi cama y esperar. Cuando iba a entrar en el dormitorio, creí distinguir algo en el suelo, junto al marco de la puerta. Era un despertador, y debajo de él había un papel doblado y un par de billetes. Cogí el papel y entré en la habitación. Cerré la puerta, encendí la luz. La nota estaba escrita con la letra redondeada y plana de la tía Amalia, y decía: TE HE PUESTO EL DESPERTADOR A LAS SIETE. TENDRÁS QUE IR SOLA A TU CASA. AQUÍ TIENES DINERO PARA EL TAXI. NUNCA TE OLVIDARÉ. ADIÓS. Y luego había un dibujo de unos labios cerrados para un beso. ¿Por qué ese beso y ese adiós?

¿Por qué ese lúgubre nunca te olvidaré, que sonaba a despedida definitiva? Allí abajo estaba pasando algo, algo importante, y yo no sabía de qué se trataba.

Apagué la luz y volví al pasillo. Al pasar por delante de la cocina me acordé del interfono. Lo encendí. Encendí primero el de la tienda y después el de la trastienda. Finalmente encendí el del pequeño despacho de Alfonso, y era de ahí de donde procedían los ruidos. Ruidos de cajones que se abrían y se cerraban y de objetos que entrechocaban. Ruidos también humanos: el roce de una camisa o un pantalón, un carraspeo como el de antes, ya no una tos sofocada, un resoplido aislado que sólo podía ser de Alfonso, un date prisa pronunciado por la tía Amalia. ¿Qué demonios estaba ocurriendo? Entonces oí la puerta del despacho y pensé: Ahora irán a la trastienda y por tanto a la escalera de caracol y al piso. Ahora vendrán. Pero encendí el interfono de la trastienda para seguir desde allí su trayectoria y no oí nada, y rápidamente encendí el de la tienda y entonces sí que oí. Alfonso y la tía Amalia no subían. Alfonso y la tía Amalia se iban. Salían a la calle. Miré el reloj de pared: eran las dos y veinticinco. Luego corrí a mi dormitorio y sin encender la luz subí la persiana. Y allí estaban ellos, cruzando la calle.

Alfonso llevaba puesto su mejor abrigo y cargaba con dos voluminosas maletas, y la tía Amalia con otras dos, elegantes y no tan grandes, que yo recordaba del viaje a Estoril. Sin perder un segundo, cogí mi ropa y me vestí. Cogí también el dinero que mi tía me había dejado y volví a mirar por la ventana. Acababan de parar un taxi y en ese momento estaban metiendo el equipaje en el maletero. Luego el taxi arrancó y yo me asomé todo lo que pude para ver qué dirección tomaba al llegar a Colón. Estaba claro que, con aquellas maletas, no podían dirigirse más que a una estación. Vi con claridad cómo el taxi señalaba con el intermitente hacia la derecha, hacia Recoletos, hacia la estación de Atocha por tanto, y me dispuse a salir en su busca. Mi curiosidad, sin embargo, era demasiado fuerte. Bajé por la escalera de caracol. Encendí la luz. En la tienda todo estaba tal como había quedado después de la subasta: las sillas de tijera apiladas, el inmenso cartel blanco, el atril con un ejemplar del catálogo. Corrí al despacho y abrí la puerta. No me hizo falta ni pulsar el interruptor. La luz que llegaba de la tienda bastaba para iluminar la mesa en desorden, los cajones sacados de sus guías, los papeles revueltos, los archivadores desencajados. Y sobre todo la pared. La pared, con la caja fuerte abierta y completamente vacía. ¡Claro!, pensé, ¡el dinero de la subasta!

Salí a la calle y cogí un taxi. A Atocha, dije, a la estación, y el conductor me miró por el retrovisor con curiosidad, como preguntándose qué hacía una niña como yo a esas horas, sola en un taxi. Yo me retrepé en el asiento para parecer mayor, y era cierto que no me sentía ya como una niña sino como una mujer, una pequeña mujer, capaz de interpretar los acontecimientos más oscuros y también de intervenir en ellos. Durante aquel trayecto en taxi empecé a entender muchas cosas. Entendí, por ejemplo, por qué en el piso no había muebles buenos ni antigüedades. Sin duda, antes que abandonarlos, se habían apresurado a esconderlos. O a venderlos, ¿por qué no?, al precio que fuera y a quien quisiera comprarlos. Y entendí la despreocupada sonrisa de la tía Amalia cuando Alfonso compró aquel pisapapeles de cristal por nada menos que medio millón de pesetas. ¿Qué más le daba a él medio millón que uno o mil millones, si de todos modos ese dinero iba a acabar volviendo a su bolsillo? Pero sobre todo entendí la tenacidad con que mi tía me había rechazado. No, no era que no quisiera tenerme con ella. Era que no podía. ¿Cómo iba a acogerme a su lado la misma noche en que tenían planeado dar un golpe como aquél, para luego salir huyendo en el primer tren?

Claro que ahora las cosas habían cambiado, y en cuanto ellos supieran que yo lo sabía todo no les quedaría más remedio que aceptarme. Eso era al menos lo que yo pensaba en aquel momento, dominada por una excitación que me tenía como embriagada. Viajar de noche hacia un destino desconocido, escapar con un botín millonario, escondernos de la policía...: sonaba todo tan emocionante. Si había que huir, huiría con ellos. Si tenían que esconderse, yo estaría a su lado. Si me necesitaban para el próximo golpe, me tendrían a su disposición. Me atraía la perspectiva de instalarme en el filo de la ley o directamente en el otro lado. De llevar una vida aventurera, peligrosa, y entregarme junto a ellos dos a quién sabía qué actividades delictivas. Era como participar en un inmenso juego, como jugar a ser los bandidos de las películas y vivir experiencias que no estaban al alcance de la mayoría de la gente. Había descubierto que Alfonso y la tía Amalia seguían siendo los de antes, los mismos estafadores de aquel verano en Estoril, y, en vez de rechazarlos por eso, deseaba unirme a ellos, llevar a su lado una vida llena de emoción y de riesgo. Aunque supongo que lo que de verdad me atraía no era tanto esto último como la incierta promesa de disfrutar de su complicidad, la complicidad de los proscritos. Yo conocía sus secretos, y eso me unía estrechamente a ellos. En el fondo, me ocurría como a mi padre cuando dejamos la colonia: que había perdido su mundo y en su lugar había encontrado el de Antón y los sindicalistas. También yo me sentía como expulsada de un mundo propio y necesitada de integrarme con urgencia en otro, de pertenecer a algo y a alguien, y ese algo y ese alguien ya no podían ser más que ellos, Alfonso y la tía Amalia, y todo lo que tuviera que ver con ellos.

Llegué a Atocha. Aunque nunca antes había estado en esa estación, no tuve ningún problema para orientarme. Un letrero muy grande indicaba la zona de largo recorrido. Allí había un panel que anunciaba la salida inmediata de un tren que venía de Cádiz y seguía hasta Barcelona, y tuve el presentimiento inequívoco de que Alfonso y la tía Amalia no podían andar muy lejos y de que ese tren era el suyo. Acudí corriendo al andén, y el convoy estaba ya estacionado y a punto de partir. Me monté en él por la primera puerta que encontré, la del furgón de cola, y temiendo que apareciera el revisor me encerré en uno de los lavabos. ¿Estaba cometiendo una locura? Tal vez. Podía ser que no estuvieran en ese tren sino en otro cualquiera. Podía ser que ni siquiera hubieran llegado a Atocha y que el taxi les hubiera llevado al aeropuerto o a una estación de autobuses. Podía ser también que se hubieran quedado en Madrid o en algún lugar de las afueras... ¡Yo metida en aquel tren y ellos quién sabía dónde, acaso en una habitación de hotel, descansando ya, ignorantes de todo lo que yo estaba haciendo y de la suerte que me esperaba! Sí, me estaba dejando guiar por impulsos súbitos y por presentimientos, y sólo ahora que disponía de unos instantes para reflexionar me daba cuenta de que nada de lo que hacía tenía demasiado sentido.

El tren partió al cabo de unos minutos, y para entonces toda la euforia y la excitación de poco antes se habían convertido ya en temor e indecisión. Cuando salí de aquel lavabo estaba casi temblando. Recorrí el primer vagón, asomándome a todos los compartimientos, y no encontré a la tía Amalia ni a Alfonso. Recorrí el segundo y el tercero, y lo mismo, y cada nuevo vagón que recorría era un motivo más para el desconsuelo. Me sentía débil, desvalida, más niña que nunca, y me dije que con esa búsqueda mía, tan alocada, tan ciega, recordaba a esos perros abandonados que se pegan al primer paseante que les da algo de comida o les hace una caricia.

Después de los vagones de segunda venían los de primera, y donde éstos acababan comenzaban los de los coches-cama. Me asomé al primer pasillo y todas las puertas estaban cerradas. ¿Qué hacer? No podía ir una por una, llamando, toc, toc, pidiendo disculpas por las molestias, preguntando si ése era el coche de la tía Amalia. Estaba tan desanimada que la simple idea de abandonar la búsqueda empezaba a parecerme reconfortante, como cuando tienes mucho sueño y al mismo tiempo sabes que no vas a poder dormir y que tampoco el duermevela está tan mal. Pero entonces tendría que hacer otros planes. ¿Cuál era la estación de destino de aquel tren? ¿Barcelona? Sí, ¿por qué no? Conté mi dinero y supuse que con aquello no me alcanzaría ni para el billete. ¿Qué ocurriría si me encontrara el revisor? ¿Me haría bajar en la siguiente estación? ¿O tal vez avisaría a la policía y acabarían devolviéndome a mi barrio y a mi casa? ¿Y qué ocurriría si lograba llegar hasta el final? ¿Qué clase de vida me estaba esperando en Barcelona? Mi incertidumbre era tal que me tenía como embotada. Me metí por aquel pasillo con andares de autómata, apoyándome con una mano en las ventanillas y con la otra en la pared de enfrente, afianzando mis pies a cada paso. Tenía la intención de llegar hasta el primer vagón y después regresar, y ni siquiera acercaba la oreja a ninguna de las puertas por si podía reconocer una voz, una tos, cualquier sonido que me resultara familiar.

Luego todo ocurrió muy deprisa. Oí un ruido a mi espalda y vi venir al revisor. Eché a correr hacia el siguiente vagón y me detuve al llegar al final. Y entonces les oí. Oí la risa de la tía Amalia y la voz de Alfonso, que imitaba cómicamente a la marquesa de la subasta y repetía: Ojalá hubiera más hombres como usted, ojalá el mundo estuviera lleno de hombres como usted... Llamé a esa puerta y me abrió mi tía. A su espalda, sentado en una de las camas, estaba Alfonso con el pisapapeles de Clichy en una mano. En el suelo había una botella de champán y dos vasos de plástico. Era evidente que estaban celebrando el éxito de la operación. Entré. Cerré la puerta. ¡María!, exclamó ella, incrédula, ¡María! Yo me llevé el dedo a los labios y todos permanecimos en silencio hasta que el revisor hubo pasado de largo, y mientras tanto yo sonreía y pensaba: Sí, estaban aquí, mi intuición no me ha engañado. Entonces Alfonso, que seguía con su milrayas, su chaleco oscuro y su corbata de barquitos, se levantó, dejó el pisapapeles sobre la cama y dijo: ¿Qué haces tú aquí?, ¿qué demonios haces aquí? Yo no me esperaba una acogida tan áspera pero en aquel primer momento la achaqué a la sorpresa. Os he seguido, dije, me he despertado al oír los ruidos y después os he seguido en taxi hasta la estación... ¿Y por qué has tenido que seguirnos?, me interrumpió él, ¿no podías quedarte en la cama, como todas las niñas de tu edad? Yo nunca le había visto así, tan rabioso, tan fuera de sí, y seguramente mi tía tampoco, porque el hecho es que se apresuró a ponerle una mano en el hombro y a apartarlo de mí, como temiendo que fuera a hacerme algún daño.

María, dijo mi tía, lo que has hecho no está nada bien... Yo sólo quiero que me llevéis con vosotros, dije. Qué tontería, qué locura..., susurró ella, sacudiendo la cabeza. Luego se volvió hacia Alfonso, que entornó los ojos y emitió un suspiro, y yo me di cuenta de que también entre ellos existía un código que les permitía comunicarse sin palabras o casi sin palabras, un código hecho de gestos levísimos, de inflexiones de voz, de pausas que sólo ellos eran capaces de interpretar. Lo siguiente que dijo la tía Amalia parecía una traducción de los pensamientos de Alfonso. Bajarás en la primera estación, dijo. No, repliqué, yo me voy con vosotros, ya no podemos echarnos atrás. Dije echarnos como si también yo formara parte de su pequeña banda de estafadores, como si el simple hecho de haber sido testigo de su robo y haberles seguido me hubiera convertido de un modo automático en el tercer miembro del grupo. Qué locura, volvió a decir mi tía, dentro de unas horas tendremos a la policía detrás de nosotros... ¿Y qué?, dije yo, con la voz quebrada. Si os cogen a vosotros, que me cojan también a mí. Cualquier cosa antes que volver con mi madre... No insistas, dijo ella, bajarás en la próxima estación.

Entonces yo, las lágrimas deslizándose ya por mis mejillas, les amenacé con un dedo. ¡Puedo delataros!, exclamé, ¡puedo ir a la policía y contarlo todo! Y Alfonso suspiró otra vez y dijo: ¿Y qué es lo que tú sabes que ellos no vayan a averiguar por sí mismos? Y yo: ¡Puedo llamar al revisor y decirle que en esas maletas lleváis dinero robado! Y él: Puedes, claro que puedes, pero no lo vas a hacer. Y entonces sí que me eché a llorar. Exploté en un llanto ruidoso e incontenible, porque eso era verdad y porque los tres sabíamos que nunca, por nada del mundo, les delataría, y mi tía entonces me estrechó entre sus brazos y trató de consolarme, María, María bonita, y luego se acercó Alfonso y nos abrazó con fuerza a las dos.

13

Así acabó mi fuga. Así acabó también el mayor sueño de mi infancia. Aunque en realidad no acabaron en ese momento y en ese tren sino algo más tarde y en casa, y entonces acabaron del todo. Pero antes tengo que decir que bajé en la primera estación y que mi tía bajó conmigo. No hace falta, le decía yo, si he venido sola puedo volver sola, pero eso en el fondo era lo último que deseaba. Alfonso se quedó en el coche-cama con sus maletas y las de ella, y nos decía adiós por la ventanilla mientras nosotras, desde el andén, veíamos el tren alejarse poco a poco y luego coger velocidad y perderse definitivamente en la oscuridad. Estábamos en Alcalá. El tren había parado apenas un minuto y sólo habíamos bajado nosotras. Vamos para adentro, que hace frío, dijo la tía Amalia. La cafetería estaba cerrada, y también las taquillas. No tenemos tren hasta las seis cuarenta, dijo mi tía, mirando los paneles, y luego añadió: Habrá que esperar.

Nos sentamos en uno de los bancos del vestíbulo. En otro banco dormían dos mendigos entre periódicos arrugados, mantas viejas y cajas de cartón. El reloj de la estación marcaba para siempre las once y diez, y de algún lugar llegaba como en sordina el rumor de una radio. En un sitio como aquél jamás una despedida podía ser alegre. ¿Por qué me pusiste eso de nunca te olvidaré?, le pregunté, ¿de verdad pensabas que no nos volveríamos a ver? Mi tía me miró con tristeza y dijo: Acuérdate de esto, María: el pasado siempre te persigue. Unas veces puedes enfrentarte a él pero otras no te queda más remedio que huir. ¿Y quién sabe entonces lo que puede ser de ti? Pero no creas que esto lo hemos elegido nosotros. Habríamos preferido que todo siguiera como estaba. Las cosas nos iban bien y, cuando se tiene dinero, es muy fácil respetar la ley. Pero, ya lo viste, apareció Torres y...

No hace falta que me des explicaciones, dije. Estuvimos un rato en silencio y luego ella me dijo que me tumbara y apoyara la cabeza en sus muslos: Has dormido muy poco, necesitas descansar. Me acuerdo, dije, de cuando acompañaba a mi madre al médico. Cogíamos un tren aquí, en esta misma estación, después cogíamos un autobús, y yo era feliz porque iba a verte y a estar contigo. Aquel día era siempre el mejor del mes. Me gustaba pasear contigo, ir de tiendas, merendar en las cafeterías, entrar en el cine a ver una película de Marisol... Pero todo eso ya pasó... Mi tía me acariciaba con suavidad el pelo y, aunque no dijo nada, estuve segura de que en ese momento estaba pensando lo mismo que yo. Que Marisol era ahora una mujer de veintitantos años y que también yo había dejado de ser una niña. Que el tiempo había pasado y eran tantas las cosas que habían quedado atrás.

Un par de horas después abrieron las taquillas y empezó a entrar gente. Compramos los billetes y salimos al andén. El tren partió con algo de retraso y la tía Amalia dijo: Primero tendrás que ir a tu casa. No creo que llegues a tiempo a la escuela. Yo le pedí que no me dejara sola, que me acompañara a casa de mi madre: Me sentiré más segura si estás conmigo. Pero eso no puede ser, replicó, Encarna no quiere verme. ¡Tía, por favor!, insistí, ¡si tú no vienes no sé si tendré valor!, y ella acabó asintiendo con la cabeza: Está bien, está bien... El resto del trayecto lo hicimos en silencio, observando a los viajeros que dormitaban u hojeaban periódicos. Eran trabajadores, gente que todos los días hacía lo mismo: coger ese tren y luego coger un autobús y meterse en una oficina o un taller a trabajar durante ocho o diez horas. Para ellos era normal estar allí en ese momento; para mi tía y para mí, en cambio, era excepcional, y yo sabía que toda mi vida recordaría esa noche y ese viaje, porque a partir de entonces ya nada volvería a ser lo mismo.

Bajamos en el apeadero que había a la entrada de la ciudad, el mismo apeadero en el que solíamos hacerlo mi madre y yo cuando viajábamos desde la colonia. Era como si estuviéramos reproduciendo aquel trayecto pero no fuera a mi madre sino a la tía Amalia a quien yo acompañaba. Miró el reloj y dijo que tampoco teníamos prisa: Podemos acercarnos a El Corte Inglés. Deben de estar a punto de abrir. Subimos directamente a la planta de ropa juvenil. Te hace falta un buen abrigo, dijo, mientras revolvía entre perchas y percheros, ¿qué te parece esta trenka? Una monada, dije, una auténtica monada, y las dos nos echamos a reír. Sabíamos que no volveríamos a vernos en mucho tiempo, tal vez nunca, y que aquél iba a ser su último regalo, y sin embargo estábamos contentas, como si aquello fuera lo más normal del mundo, como si pudiéramos pasarnos todo el día o toda la vida yendo de tienda en tienda y probándonos chaquetones y gabardinas. La tía Amalia me compró la trenka. Era verde, tenía el forro a cuadros escoceses y se abrochaba con unos cuernecillos marrones sujetos a unas tiras de piel. Nadie en el barrio había tenido jamás un abrigo tan bonito. Te sienta de maravilla, dijo mi tía, al tiempo que salíamos de allí y levantaba la mano para llamar un taxi.

Y ahora estábamos ya dentro del taxi, camino de mi barrio, de mi casa, de mi madre. ¿Cómo sería el reencuentro? Yo, ya lo he dicho, nunca había visto llorar a mi madre, pero podía ser que en esta ocasión lo hiciera. Motivos no le faltaban (el marido en la cárcel, el hijo mal casado, la hija huida), y seguro que sus lágrimas lograrían conmover a mucha gente. No a mí, sin embargo. Aunque su llanto me descubriera de repente lo buena que era en el fondo y lo mucho que me quería, yo me temía que era ya demasiado tarde y que mi amor por ella se había secado para siempre. También podía ser que me encontrara con la bruja arisca y gruñona que yo conocía, que me recibiría con todo el rencor y el resentimiento que había ido acumulando a lo largo de su triste vida, y entonces yo sabía que no pasaría mucho tiempo antes de que volviera a escaparme y que, si me cogían, me escaparía otra vez, y así siempre hasta que llegara a la mayoría de edad y pudiera por fin irme a vivir por mi cuenta y olvidarla. ¿Y dónde estaría entonces la tía Amalia?

¿Podría todavía acudir a ella y decirle: Me quedo contigo, esta vez no me digas que no?

El taxi se detuvo justo delante del portal. Te espero aquí y si hace falta me llamas, dijo mi tía. ¡Sube conmigo!, le supliqué, ¡es lo último que te pido! Pero, María, no sé si eso es lo mejor... ¡Tía, por favor!, volví a suplicar. Ella dijo que tenía que llegar al talgo de las dos y que, en todo caso, no podía quedarse más de diez minutos. De acuerdo, dije, diez minutos. Dio instrucciones al taxista para que la esperara. El ascensor, como siempre, estaba estropeado, así que tuvimos que subir por la escalera. Subíamos despacio, muy despacio, porque en realidad tanto ella como yo habríamos preferido que ese momento no hubiera llegado nunca. Subíamos tan despacio que parecía que nunca fuéramos a llegar al rellano. Pero finalmente llegamos. Mi tía me atusó un poco el pelo, luego pulsó el timbre y se apartó, para que fuera yo la primera a la que mi madre viera al abrir la puerta.

Y en efecto fui yo la primera a la que vio. Nos encontramos cara a cara y la escruté un instante en silencio, tratando de adivinar cuál sería su actitud y su disposición hacia mí, y lo que me sorprendió fue que no se fijó ni en mí ni en mi trenka nueva, tampoco en mis zapatos ni en mis otras prendas, todas regalo de la tía Amalia, sino que se quedó mirándola a ella, mirándola con una mezcla de perplejidad y alarma, como si jamás hubiera imaginado que fuera a encontrársela ahí. ¿Por qué has tenido que venir?, le dijo, ¡vete!, ¡vete inmediatamente!, ¡corre!, ¡márchate!, pero no se lo dijo como aquella vez que la tía vino a ofrecerle dinero sino que se lo dijo en un tono apremiante y ansioso, como si estuviera tratando de ayudarla, de avisarle de un peligro. La tía Amalia vaciló un poco y luego empezó a bajar las escaleras, primero despacio, luego algo más deprisa, y yo no acabé de entender lo que ocurría hasta que la puerta de mi casa se abrió del todo y vi a dos hombres mal trajeados que me miraban con suspicacia y que echaron a correr escaleras abajo en cuanto vieron a mi tía. Eran policías, no cabía la menor duda. ¡Es ella!, gritó uno, ¡la del robo!, y los dos hombres habían sacado ya sus pistolas y gritaban: ¡Alto! ¡Policía! Yo me volví con rabia hacia mi madre: ¿Qué hacen aquí? ¿Les has hecho venir tú? Mi madre negó con la cabeza y habló como excusándose: Llamé para ver por qué no venías y no había nadie. Entonces llamé a la policía y descubrieron el robo. Y ahora estaban aquí interrogándome cuando...

Me asomé al hueco de la escalera y vi que la tía Amalia había alcanzado ya el portal. Me abalancé sobre la barandilla exterior. ¡Corre!, grité con todas mis fuerzas, ¡corre! Mi madre se asomó también a la barandilla y desde allí lo vimos todo. Vimos cómo ella recorría en dos zancadas la escasa distancia que la separaba del taxi y se metía dando un portazo, y cómo luego uno de aquellos hombres rompía con la culata el cristal de la ventanilla y le apuntaba a la cabeza mientras el otro rodeaba el coche y ordenaba al taxista que saliera. Hubo entonces un par de segundos en los que todo quedó como paralizado: el taxista con una pierna fuera del vehículo y las manos en alto, la tía Amalia con la cabeza apoyada en el respaldo de su asiento, los policías con las armas bien cogidas entre ambas manos. Los vecinos empezaron a asomarse a portales y ventanas, y el que se ocupaba de mi tía abrió muy despacio la puerta y la hizo salir. Tuvo que apoyar las manos en el capó y mantener las piernas separadas mientras la cacheaban, y permaneció en esa misma postura hasta que acabaron de registrar el interior del taxi. Luego éste se fue y uno de los hombres subió a decirnos que no nos moviéramos de casa en todo el día y, cuando volvió a bajar, había ya bastantes curiosos mirando. Aquel hombre se abrió camino hasta un coche cercano, un Simca 1000 azul oscuro, y el otro acompañó hasta allí a la tía Amalia, que ahora tenía las manos esposadas a la espalda. Antes de entrar en el Simca, mi tía se volvió un instante hacia donde yo estaba junto a mi madre y me envió una sonrisa de despedida. Una sonrisa triste, tristísima, porque ninguna de las dos habría querido jamás despedirse de ese modo. Luego el coche arrancó y yo la seguí con la mirada hasta que lo perdí de vista, lejos, muy lejos de casa, fuera ya del barrio, al otro lado del campo de alfalfa en el que algún día construirían el dispensario, al otro lado de las vías y el paso a nivel.

Sólo entonces me di cuenta de que yo había tenido la culpa de todo. De que si no hubiera acudido a la tienda la tarde de la subasta ni la hubiera seguido por Madrid, si no hubiera subido a ese tren nocturno ni la hubiera buscado en los coches-cama, si luego no hubiera insistido en que me acompañara a casa y presenciara aquel reencuentro, mi tía sería ahora una mujer libre. Libre, millonaria y feliz. Noté entonces que mi madre me agarraba por el hombro y me estrechaba con suavidad contra su cuerpo, y noté también que su cuerpo estaba caliente, y aquel calor antiguo y espeso, casi animal, me recordó ciertas tardes de mi infancia, cuando yo todavía la quería y me gustaba ayudarla a hacer mermelada con las fresas que los niños de la colonia robábamos en un huerto cercano. El olor de aquellas fresas cociéndose en agua con azúcar se me hizo presente por un instante brevísimo. Luego, sin poderlo remediar, me eché a llorar. Era una mañana de febrero del año setenta y dos, el peor mes del peor año de mi vida.

booket